满井边

北京科技大学
原创文化艺术作品集

王鹏　主编

扫描二维码
欣赏书中的歌曲

文化藝術出版社
Culture and Art Publishing House

图书在版编目（CIP）数据

满井边：北京科技大学原创文化艺术作品集/王鹏主编.
— 北京：文化艺术出版社，2022.3
ISBN 978-7-5039-7217-1

Ⅰ.①满… Ⅱ.①王… Ⅲ.①文艺－作品综合集－中国－当代 Ⅳ.①I217.1

中国版本图书馆CIP数据核字（2022）第037265号

满井边
北京科技大学原创文化艺术作品集

主　　编	王　鹏
责任编辑	刘锐桢
数字编辑	李岩松
责任校对	董　斌
书籍设计	马夕雯
出版发行	文化藝術出版社
地　　址	北京市东城区东四八条52号　（100700）
网　　址	www.caaph.com
电子邮箱	s@caaph.com
电　　话	（010）84057666（总编室）　84057667（办公室） 　　　　　84057696—84057699（发行部）
传　　真	（010）84057660（总编室）　84057670（办公室） 　　　　　84057690（发行部）
经　　销	新华书店
印　　刷	鑫艺佳利（天津）印刷有限公司
版　　次	2022年7月第1版
印　　次	2022年7月第1次印刷
开　　本	710毫米×1000毫米　1/16
印　　张	11.75
字　　数	50千字
书　　号	ISBN 978-7-5039-7217-1
定　　价	128.00元

版权所有，侵权必究。如有印装错误，随时调换。

编委会

主编

王 鹏

副主编

王 亮

编委

于林民　马明莉　戈誉阳　尹传举　刘弘历　刘　璐
苏　烜　李　进　杨雨谋　杨岱源　张洪榛　张新茹
邵丽华　徐梓溪　黄　遥　崔　睿　傅经纬　管润娇

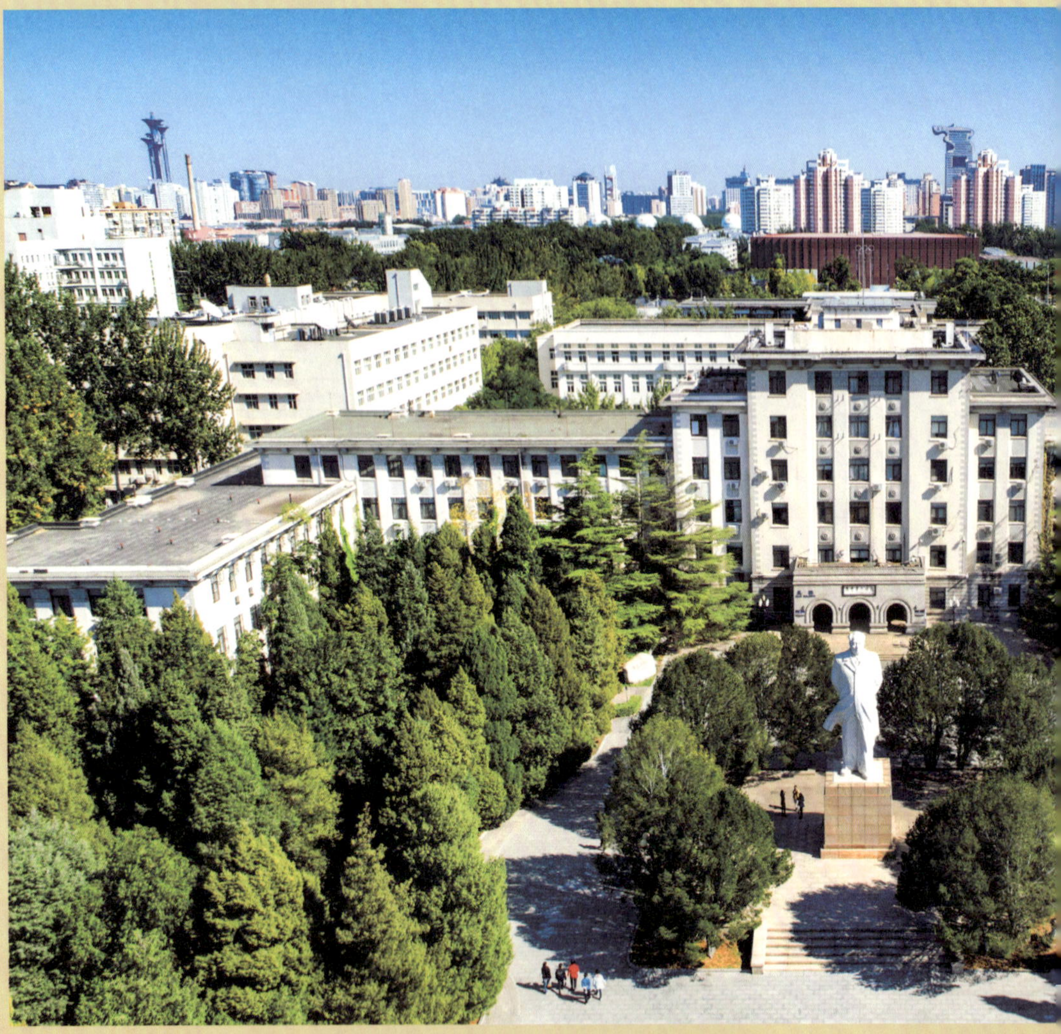

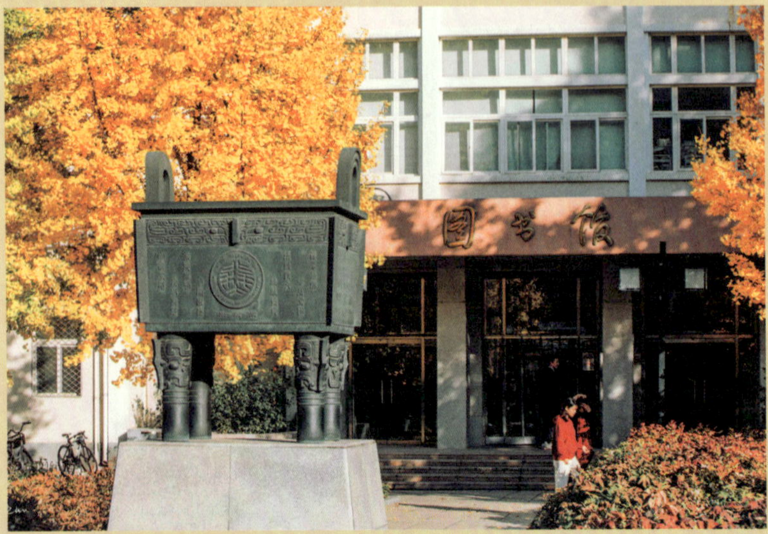
图书馆

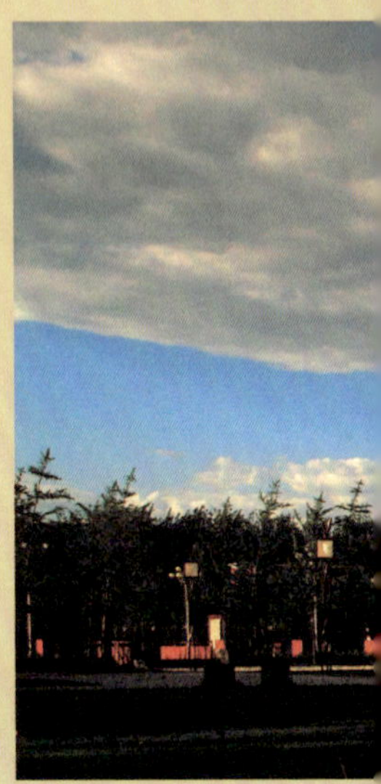

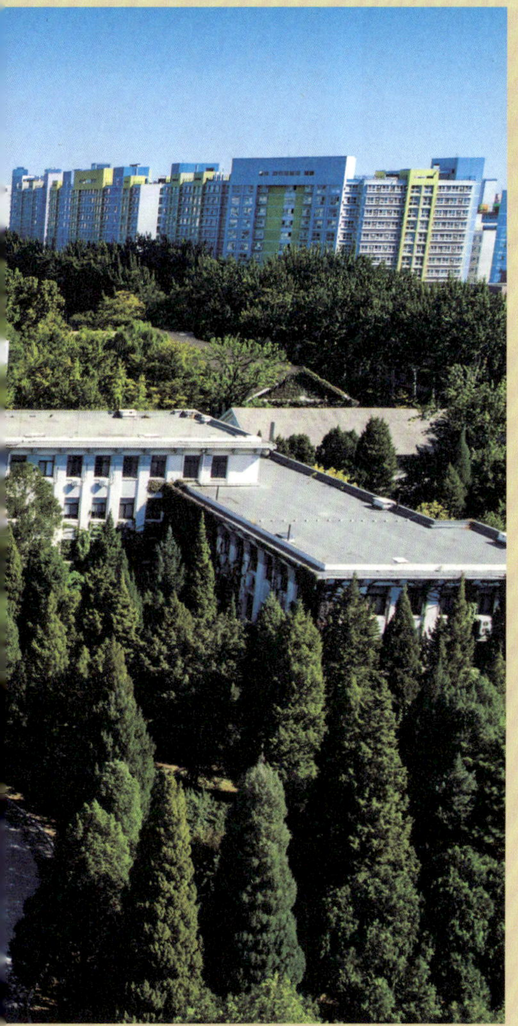

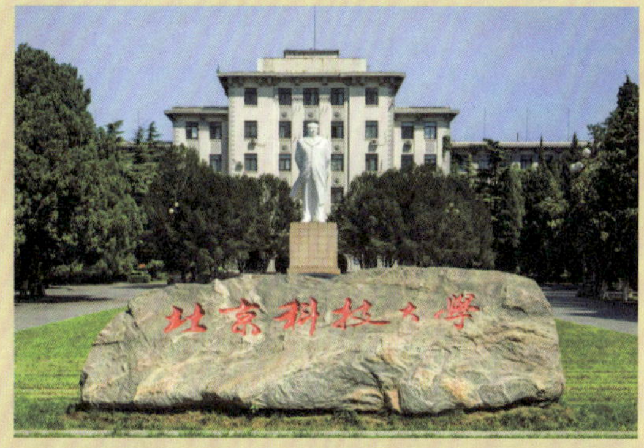
北京科技大學

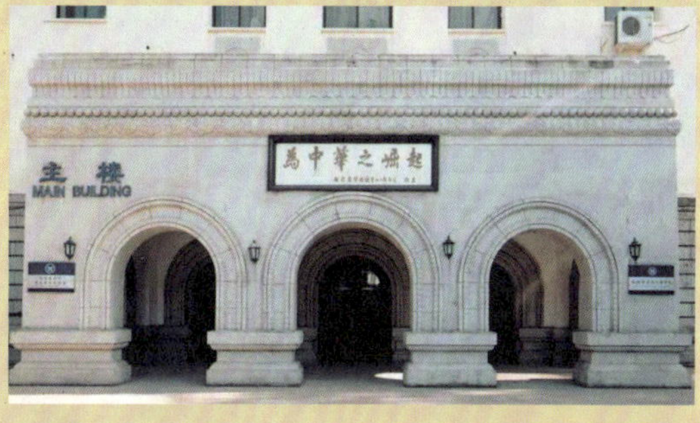
主楼
MAIN BUILDING
為中華之崛起

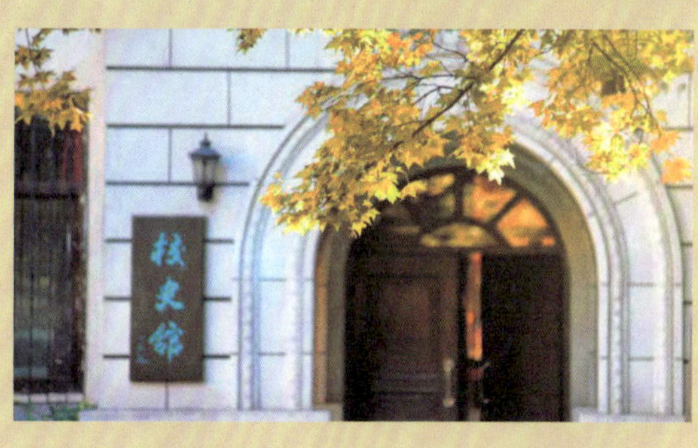
校史馆

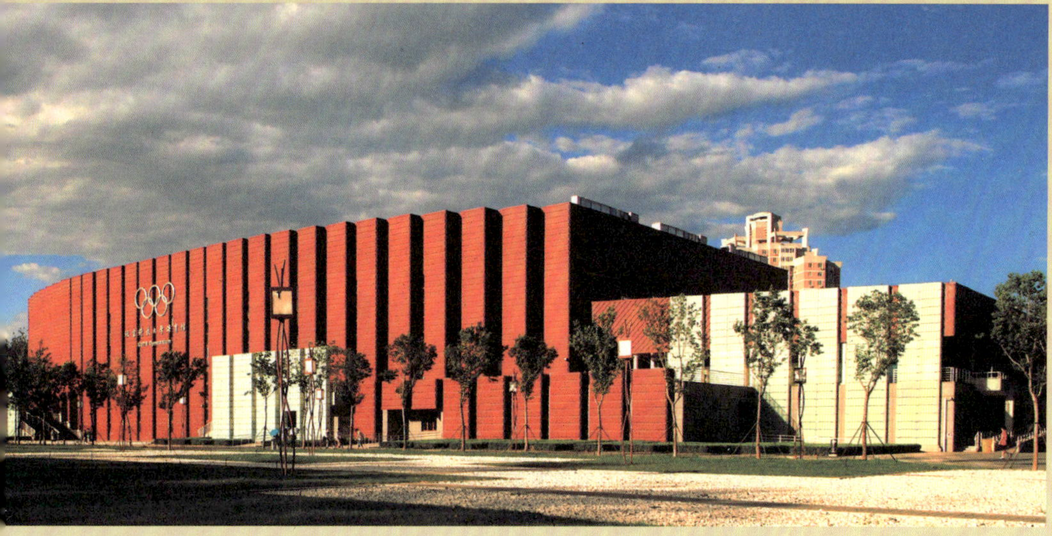

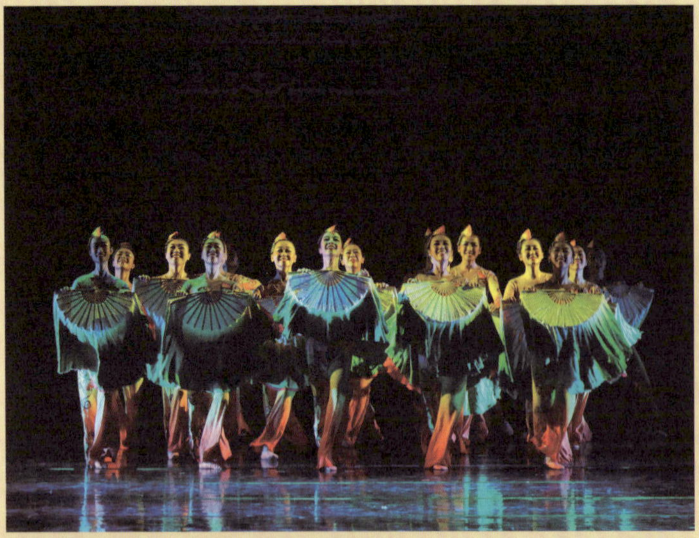

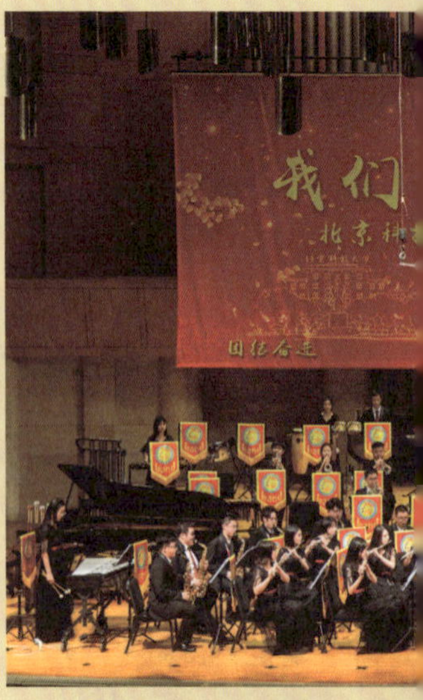
我们
团结奋进

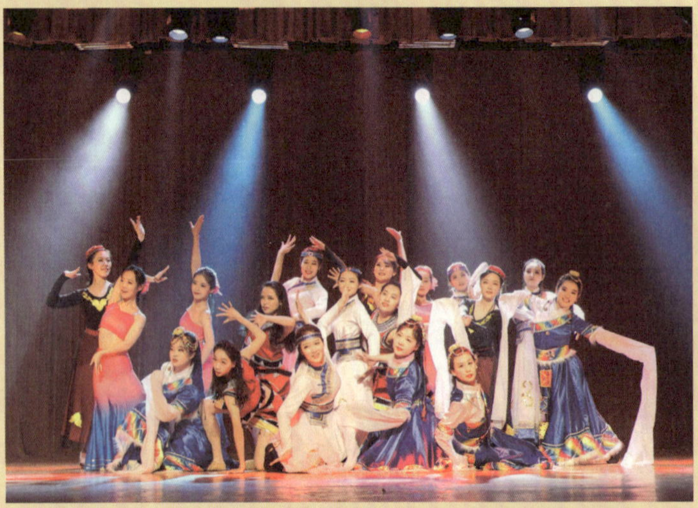

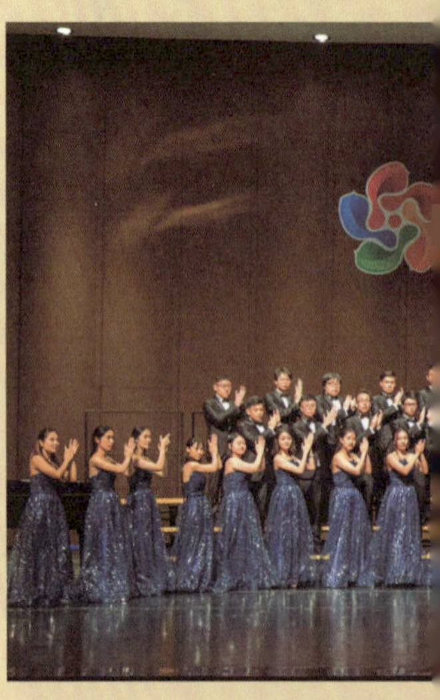

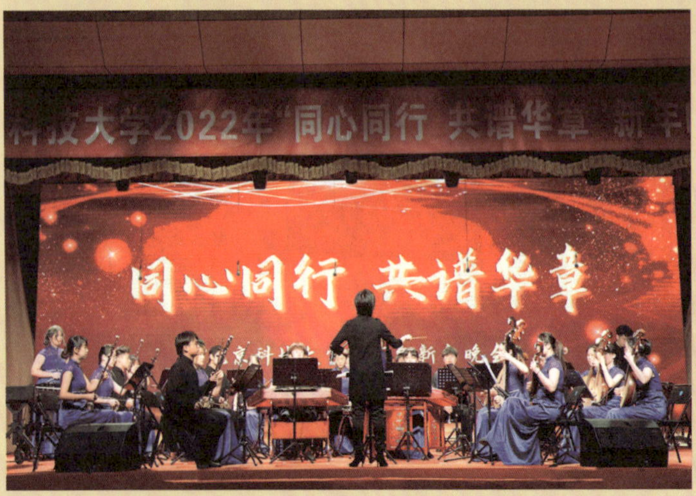
科技大学2022年"同心同行 共谱华章"
同心同行 共谱华章

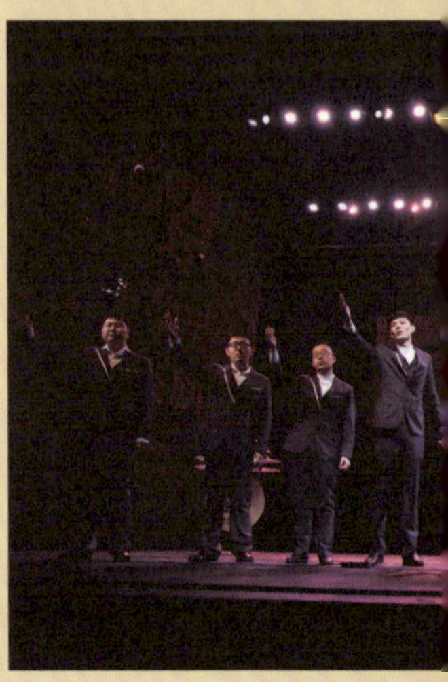

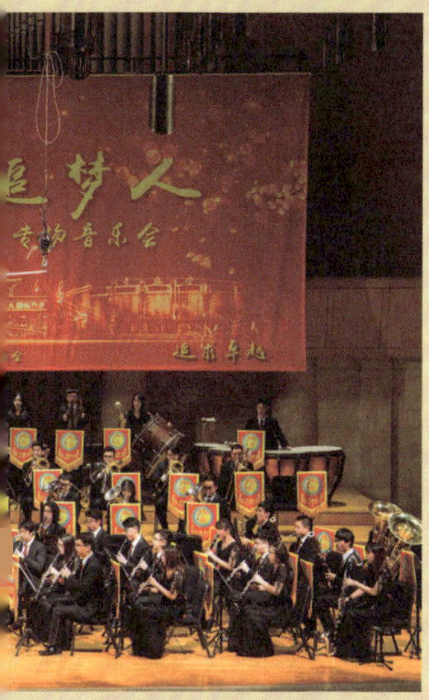

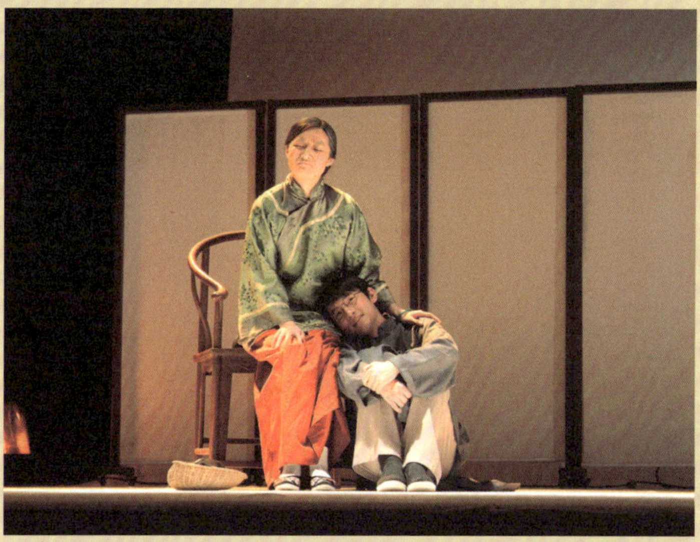

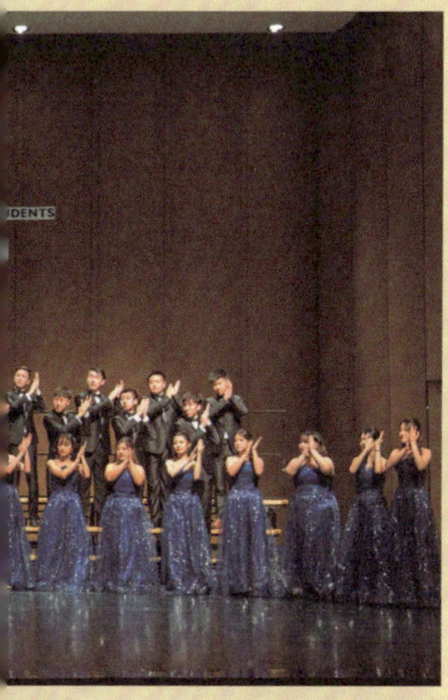

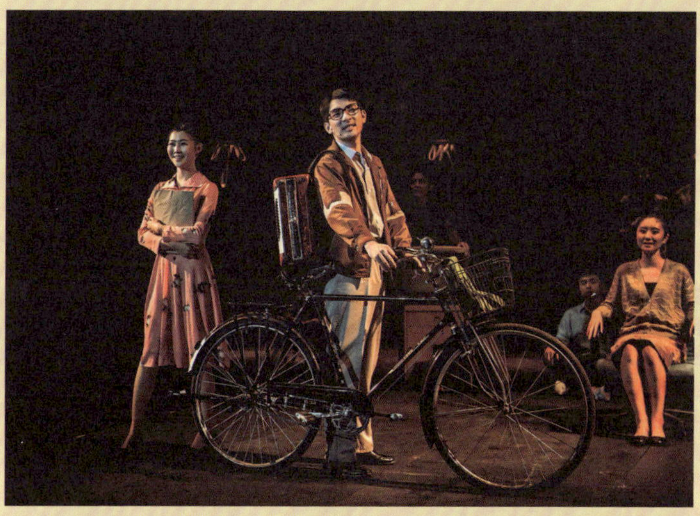

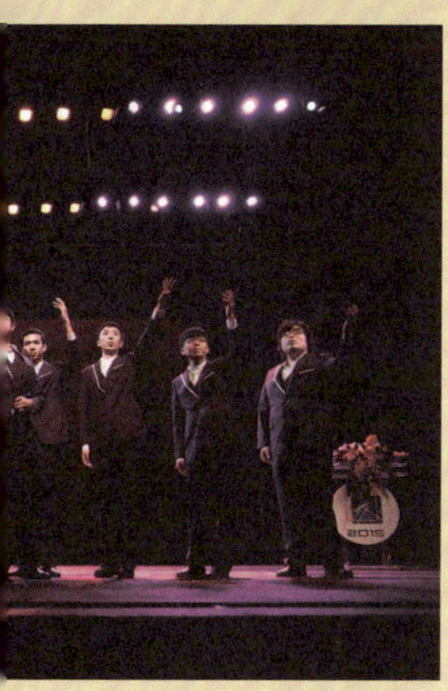

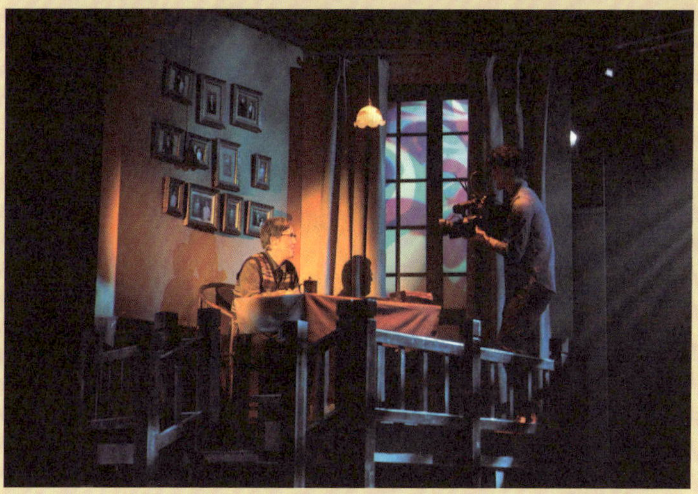

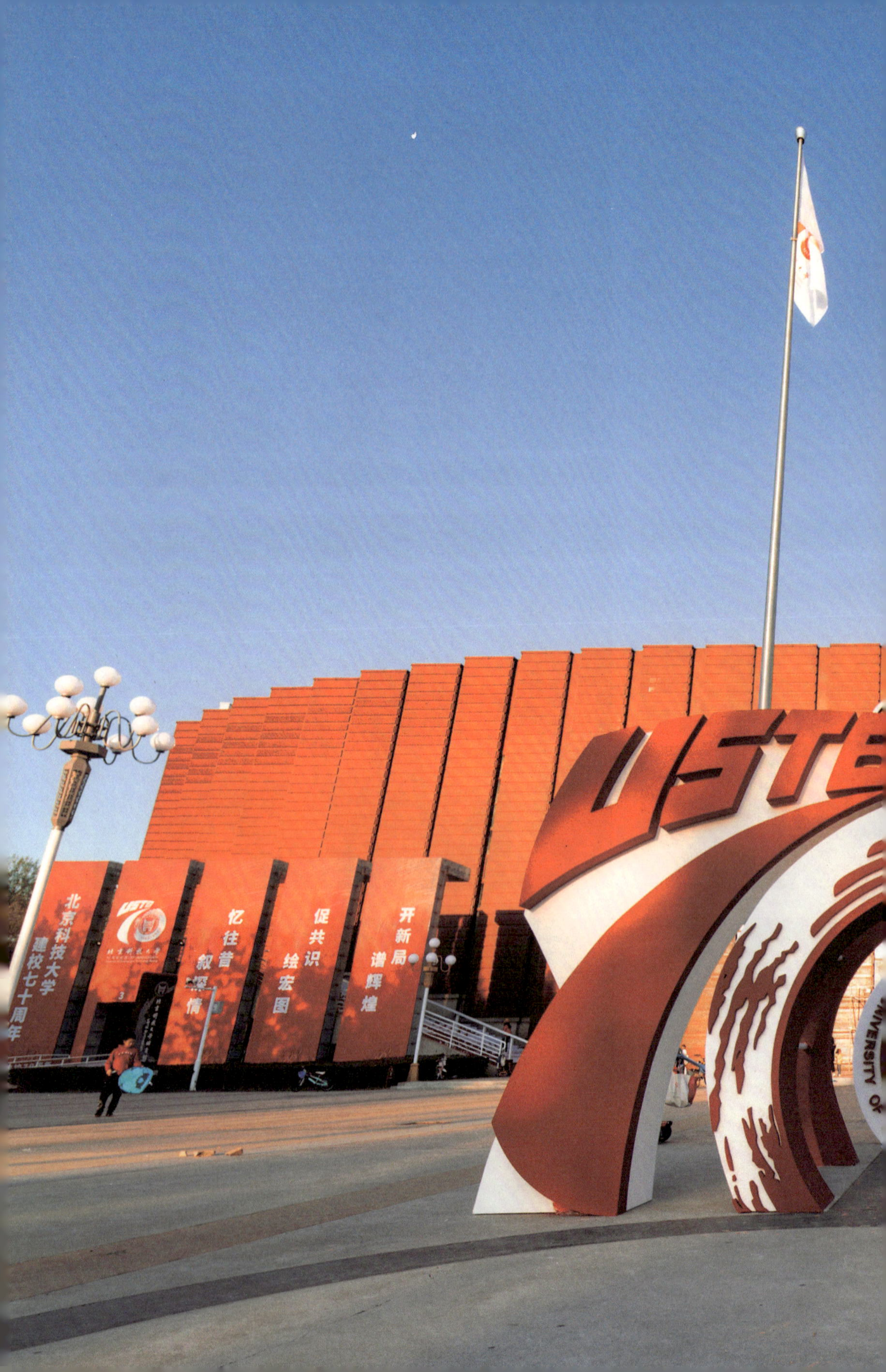
北京科技大学
建校七十周年
忆往昔
叙深情
促共识
绘宏图
开新局
谱辉煌

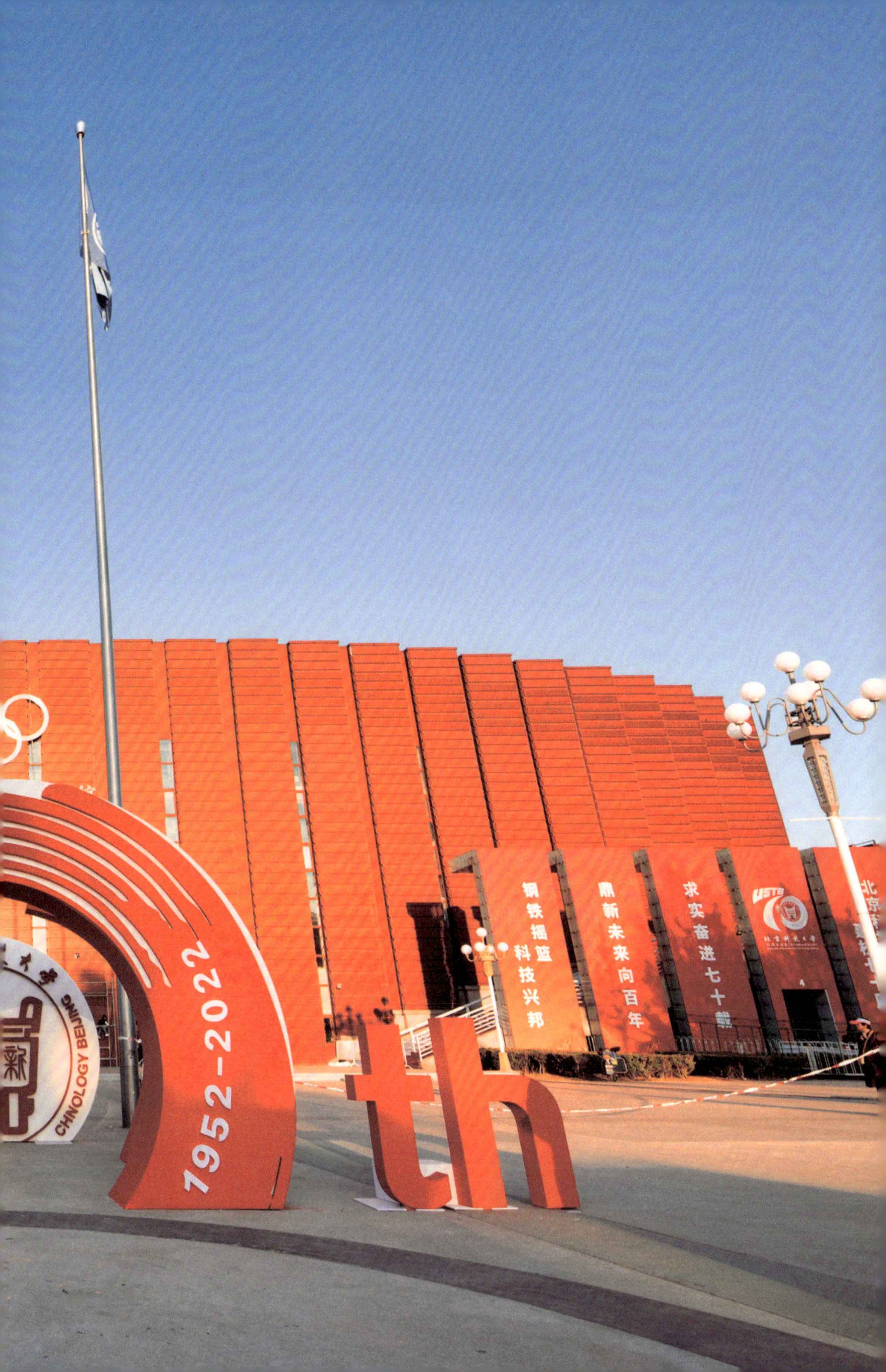
1952-2022
th
钢铁摇篮科技兴邦
鼎新未来向百年
求实奋进七十载
USTB

前言 | Foreword

文化是一个民族生生不息的血脉和灵魂，文艺是民族精神的火炬，具有启迪思想、铸就灵魂、凝聚力量的职责。坚定文化自信，用文艺凝聚新时代奋勇前进的磅礴力量，是建设文化强国、实现中华民族伟大复兴的重要命题。

古往今来，顺着"蓟门"向北，有一口神奇的"满井"。1952年，传承着中国近代史上第一个矿冶学科的火种，北京钢铁工业学院（现北京科技大学）沐浴着和煦的春风诞生在这一片拥有神奇"满井"的土地上。作为祖国的"钢铁摇篮"与"科技殿堂"，北京科技大学高度重视校园文化建设，坚持传承红色基因、扎根中国大地，充分展现出中国当代大学生的青春力量与担当。

以文化人，凝结心灵；以艺通心，沟通世界。从建校初期，北科便积极建设舞蹈队、军乐队，不断加强以文化人、以文育人，积极开展美育教育，积淀形成了"科学与艺术共融，人文与创新并存"的校园氛围。建校70年来，学校紧跟时代步伐，涌现了一大批优秀的原创文化艺术作品。

书中收录了北京科技大学师生、校友原创的歌曲、话剧、舞蹈、乐曲等作品42个，讴歌了北京科技大学发展的光辉历程以及师生成长的精彩华章。"奉科技以立校，育强国之栋梁""求实鼎新，熔基锻梁"，《北科华章》《摇篮颂歌》两首校歌唱出了北京科技大学建校的使命传承、发展的百炼成钢、学子的自强拼搏。由《云集》《攻关》《成长》《展望》《钢铁青年之歌》五首歌曲组成的《钢铁摇篮组歌》是改革开放初期北京科技大学发展的真实写照，歌颂了师生奋斗的激情岁月。《今日大战十三陵》《心中的志愿》《让微笑在北科绽放》《小博士之歌》描绘了学校师生在不同时代投身社会实践、志愿奉献的青春足迹。《筑梦青春》《北京科技大学毕业歌》《年少的时光》《吾肆放歌》《银杏叶片》《银杏路》是青年学子恣意青春、热爱校园学习生活的精彩写照。《相信人类自己》《挺住武汉　中国加油》《十九大有嘻哈》《我们在一起》《世界同心》《人民就是江山》唱出了在重大公共事件中全校师生的坚定信念、使命担当。

原创话剧演绎了北京科技大学发展的奋斗故事、师生成长的远大理想，弘扬了一代代北京科技大学师生学风严谨、崇尚实践的优良传统，求实鼎新的校训精神，追求卓越、勇于争先的新时代精神特质。北京科技大学先后原创了《爱因斯坦做客》《让你的琴声为我倾诉吧，我的同学》《燃烧》《绽放》《奔流》《师兄的透镜》《追寻》等经典剧目。

原创舞蹈舞动了北京科技大学发展的向上向前、师生成长的踏浪前行。北京科技大学先后原创排演了《遨游太空钢城》《火焰的力量》《银杏叶片》《摇篮》《使命》《飞翔》《我的北科时代》等经典优秀舞蹈节目，生动展现了学校昂扬的发展史及师生阳光向上的精神面貌。

原创乐曲奏响了北京科技大学发展的百炼成钢、师生成长的坚定信念。近年来，北京科技大学先后原创了《钢之魂》《鎏金》《破晓》《前行的光》《鼎·礼》等一批优秀乐曲，讲述着北科青年学子对祖国山河的热爱和对新时代的赞颂，展现了北科人为中华之崛起、奉科技以强国的传承精神。

本书的创作灵感源自主编王鹂对北科原创文艺精品的崇敬之情，亦源自全体编者对文化艺术的敬仰与喜爱，同时希望借此机会为学校保留一份珍贵的文献资料。

目录 Contents

- 001　满井赞颂——音符旋律讴歌青春华章

- 002　**矿冶华光**
- 003　北科华章
- 007　摇篮颂歌

- 012　**钢铁摇篮组歌**
- 013　云集
- 017　攻关
- 020　成长
- 023　展望
- 028　钢铁青年之歌

- 032　**众志成城**
- 033　今日大战十三陵
- 036　心中的志愿
- 040　让微笑在北科绽放
- 045　小博士之歌

- 050　**青春风华**
- 051　铸梦青春
- 056　北京科技大学毕业歌
- 061　年少的时光
- 066　吾肆放歌
- 072　银杏叶片
- 077　银杏路

- 084　**中华崛起**
- 085　相信人类自己
- 088　挺住武汉　中国加油
- 093　十九大有嘻哈
- 097　我们在一起
- 101　世界同心

109 人民就是江山

115　满井演绎——激情洋溢编织青春理想

116 爱因斯坦做客
118 让你的琴声为我倾诉吧，我的同学
120 燃烧
124 绽放
128 奔流
132 师兄的透镜
136 追寻

143　满井舞动——翩然起舞翱翔青春殿堂

144 遨游太空钢城
146 火焰的力量
148 银杏叶片
150 摇篮
152 使命
154 飞翔
156 我的北科时代

161　满井奏响——管弦之间彰显青春力量

162 钢之魂
164 鎏金
166 破晓
168 前行的光
170 鼎·礼

172　后　记

满井赞颂

音符旋律讴歌青春华章

求实鼎新,百炼成钢。用声音的力量鼓舞人心,用动人的旋律播撒希望,一代代北科人将故事写进歌里,将情谊融进曲谱,高山流水,余音绕梁。

不同时代、不同背景,一曲高歌,亮出了满井的靓丽名片,赞颂了北科一代代人的朝气蓬勃、拼搏进取。

矿/冶/华/光

北京科技大学建校70年以来，积淀形成了"学风严谨，崇尚实践"的优良传统，熔铸了校训"求实鼎新"，征集、创作了一批歌曲，其中师生校友原创的《北科华章》《摇篮颂歌》成了校歌候选歌曲。

两首歌曲在2017年建校65周年之际，被确定为校歌。两首歌曲绘就了一首百炼成钢、鼎立中华的壮美诗篇，展现了一代又一代的北科人前赴后继，在祖国的大江南北挥洒汗水与青春，以沸腾的血液激起奋斗的理想，用激情的岁月持续点亮祖国未来的画面。

北科华章

创作时间

2012年

创作人员

作词：刘晓东（时任团委书记）、王鹂（时任团委副书记）、解红叶（行政管理2009级）、关望（冶金研2008级）、陈小旺（车辆工程2008级）、郝竹青（行政管理2009级）

作曲：禹永一（特邀）

作品简介

歌词古朴、铿锵有力，以北京科技大学历史积淀与展望为主要内容，恢宏大气的曲调和精练务实的文辞风格展现着代代北科人的神采风貌。

"燕都古郡，壬辰上庠"，当熟悉的旋律响起，每个北科人的激情瞬间点燃。新生军训时，坐在小马扎上，在辅导员、教官的指导下背诵歌词、学唱《北科华章》，这是初入学的北科人第一次逐字逐句感受到学校的历史和精神，它带给了同学们奋进的力量，指引新生敲开大学生活的大门，开启人生新的旅程。

在中华人民共和国成立70周年、中国共产党成立100周年等庆祝活动中，学校师生都曾一同唱响《北科华章》。"奉科技以立校，育强国之栋梁"，慷慨激昂的歌声里，是一项项显著的科技成就，是人才培育的累累硕果，是北科人的自信自强。"为中华之崛起，襄北科之华章"是新时代北科人的时代主旋律，在巍巍满井边回响，在红色海洋里激荡。

2013年以来，每年新生开学典礼都会集体唱响《北科华章》。

2013年，学生管乐团将这首歌曲改编成了一个管乐版本。

2019年，北科师生原创制作了《北科华章》MV。

北科华章

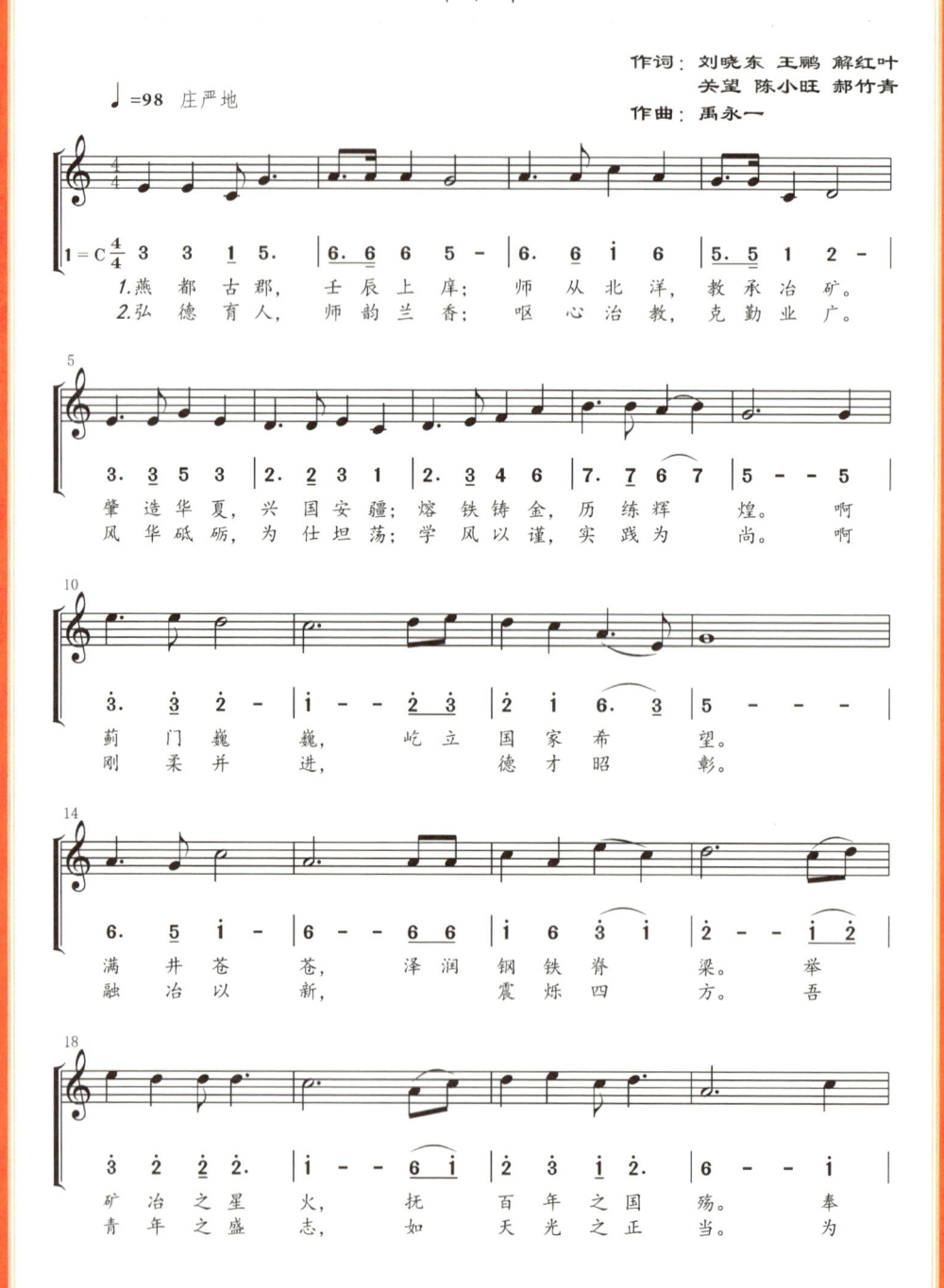

作词：刘晓东 王鹏 解红叶
　　　关望 陈小旺 郝竹青
作曲：禹永一

♩=98 庄严地

1=C 4/4

3 3 1 5. | 6. 6 6 5 - | 6. 6 1 6 | 5. 5 1 2 -
1.燕都古郡，壬辰上庠；师从北洋，教承冶矿。
2.弘德育人，师韵兰香；呕心治教，克勤业广。

3. 3 5 3 | 2. 2 3 1 | 2. 3 4 6 | 7. 7 6 7 | 5 - - 5
肇造华夏，兴国安疆；熔铁铸金，历练辉　煌。啊
风华砥砺，为仕坦荡；学风以谨，实践为　尚。啊

3. 3 2 - | 1 - 2 3 | 2 1 6. 3 | 5 - - -
蓟门巍　巍，　屹立国家希　望。
刚柔并　进，　　德才昭　彰。

6. 5 1 - | 6 - 6 6 | 1 6 3 1 | 2 - 1 2
满井苍　苍，泽润钢铁脊　梁。举
融冶以　新，震烁四　方。吾

3. 2 2 2. | 1 - 6 1 | 2 3 1 2. | 6 - 1
矿冶之星　火，抚百年之国　殇。奉
青年之盛　志，如天光之正　当。为

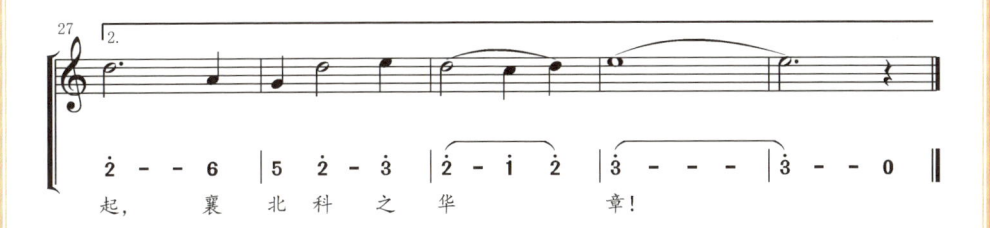

```
22
1.
| 1 1 6 3 1 | 2· - 3 | 2· 2 - 3 | 2· - 6 7 | 1 - - - :|
  科 技 以 立   校,    育 强 国   之 栋   梁!
  中 华 之 崛

27
2.
| 2· - - 6 | 5 2· - 3 | 2· - 1 2 | 3 - - - | 3 - - 0 ||
  起,    襄 北 科 之 华              章!
```

上　2019年学校拍摄制作的《北科华章》MV
下　开学典礼上新生合唱《北科华章》

摇篮颂歌

创作时间

2012年

创作人员

作词：闫拓时（粉末冶金1977级）

作曲：禹永一（特邀）

作品简介

歌曲风格写意明快、青春洋溢，歌词通俗易懂，表达了广大师生、校友对母校的深厚感情。

作品以"摇篮"为主题，用"满井边，一学堂"勾画出历史，回答"我从哪里来"的问题，用"求实鼎新，熔基锻梁"体现校训和育人目标，用"师韵若兰""百炼成钢""汗水挥洒""惟学无际""银杏傲立""英才万千"等词表达了北科文化和精神的传承与发展，副歌则表达出北京科技大学师生对母校的无比感念和深情。

满井边，一学堂，银杏傲立，我们有"一腔热血勤珍重，洒去犹能化碧涛"的铁血柔情；与时俱进，科技兴邦，我们亦有"愿得此身长报国，何须生入玉门关"的凌云壮志。20世纪50年代，一所承载着"钢铁强国"的光辉梦想，汇聚着海内外的大批名师巨擘的新中国第一所钢铁学府，在满井村安营落户。70年来，在一代又一代"钢小伙"和"铁姑娘"的接续奋斗中，书写国家科技强国的壮丽篇章，筑起中华人民共和国的钢铁脊梁。

2012年，这首歌曲在建校60周年校庆晚会上首次被演唱。

2013年以来，每年毕业典礼都会集体唱响《摇篮颂歌》。

2015年，北科师生制作了沙画版《摇篮颂歌》MV，又于2019年制作了真人版MV。

摇篮颂歌

作词：闫拓时
作曲：禹永一

♩=76 庄严地

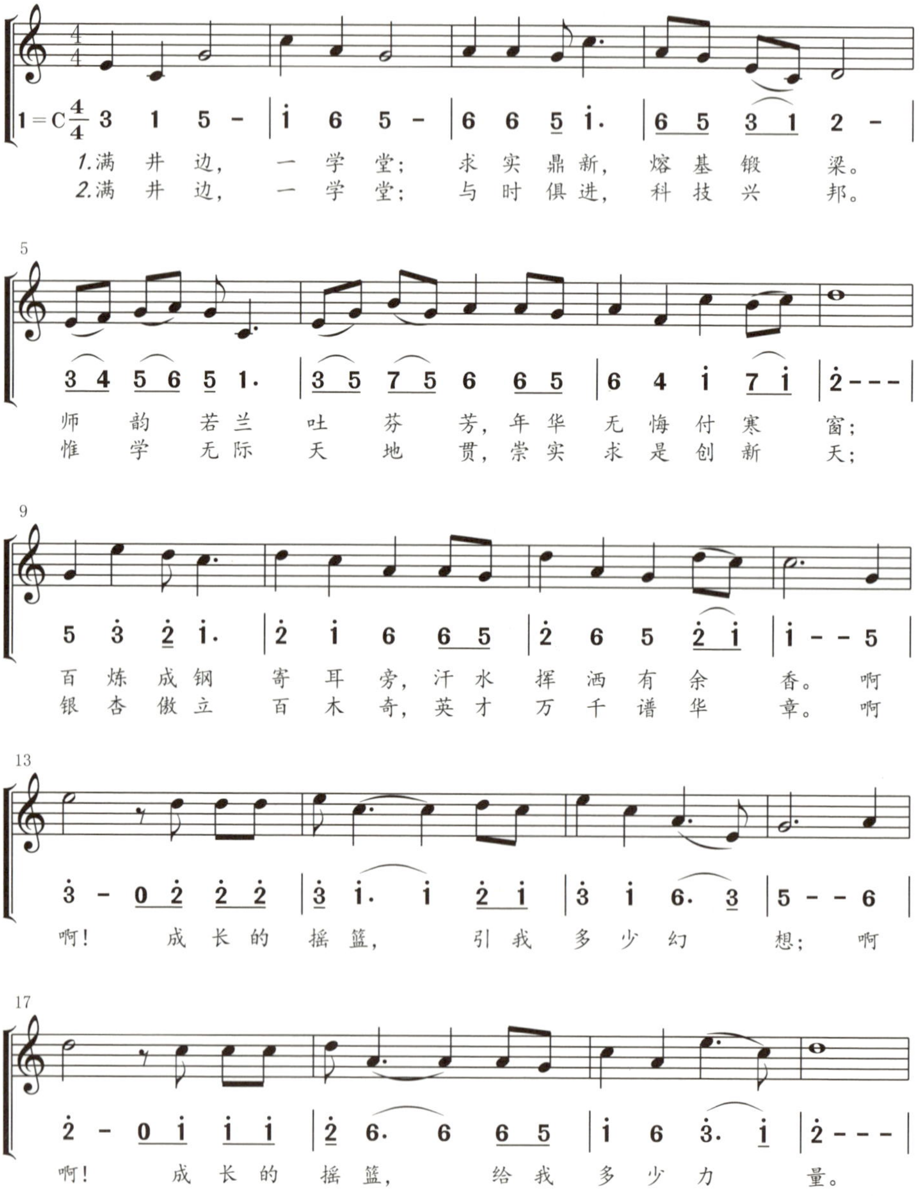

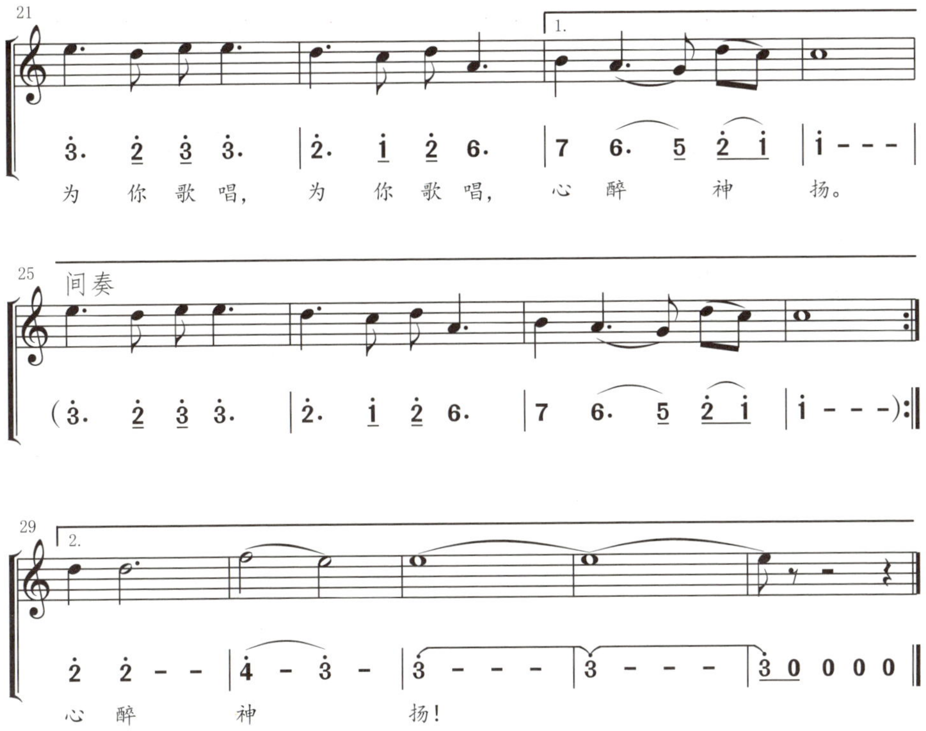
为 你 歌 唱，为 你 歌 唱，心 醉 神 扬。
间奏
心 醉 神 扬！

上　2015年制作的沙画版《摇篮颂歌》MV
下　2019年拍摄制作的真人版《摇篮颂歌》MV

毕业典礼上全体毕业生合唱《摇篮颂歌》

钢铁摇篮组歌

1979年，时值改革开放初期，为了让同学们热爱校园、热爱大学生活，当时的在校学生集体创作了《钢铁摇篮组歌》，包括《云集》《攻关》《成长》《展望》《钢铁青年之歌》五首歌曲。

歌曲由选矿1977级曲秉诗谱曲、配器、指挥，学校合唱团演唱，学校管弦乐队伴奏。20世纪80年代，北京钢院大学生以特有的精神风貌登上了首都大学生的舞台。歌曲在几年内多次演唱，以优美的旋律和动人的歌词，受到广大同学的喜爱，成为在校大学生争相传唱的"流行歌曲"，鼓励着莘莘学子努力学习、不断进取。

本篇章作品歌词后经补充完善。

云集

创作时间
1979年

创作人员
作词：原学生会人员

作曲：曲秉诗（选矿1977级）

作品简介
歌曲描绘了新生从全国各地汇聚学校，涌入钢铁摇篮怀抱，开启钢铁强国之路。歌曲风格震撼，让人激动、心潮澎湃。

在那个高考刚刚恢复的年代，新生涵盖未成年到中青年各个年龄阶段，能够进入高等学府学习，所有人都是欣喜且充满期待的，一腔热血准备为国奉献，为国家的钢铁事业做出自己的努力。

钢铁摇篮组歌
一、云集

（白）偌大的春风吹舞着校园，新春的歌声飞上了云烟。不同的乡音，同唱一曲，我们云集在钢铁身边，求知的道路上情如手足，青年的伙伴携手并肩，我们成长在钢铁摇篮，我们是新一代的钢铁青年！

作词：原学生会人员
作曲：曲秉诗

♩=128 充满干劲地

| 6 - 7· 1 | 2 - - - | 1 7 6 5· 6 | 7 - - - |
穿　过　那　　　　　峻　岭　崇　　山；
理　想　之　花　　　盛　开　在　心　间；

| 5· - 1 2 | 3 - - 1 | 2 2 1 7 2 | 6 - - - |
继　续　走　　　向　我　的　校　　园，
肩　负　着　　　历　史　的　重　　担，

| 5· - 1 3 | 5 4 3 2 1 | 6 6 7 3 2 | 1 - - 5 5 |
美　好　的　未　来　把　我　们　召　唤。　我们
继　续　攀　登　在　科　学　之　　川。

| 5 - 3· 4 | 5 - - 1 | 7· 6 2 1 7 6 | 5 - - 6 6 |
云　集　在　　　毛　主　席　身　边，　我们

| 2 - 2 6 | 5 - - 4 | 3 1 1 7 1 | 2 - - - |
投　身　在　　　钢　铁　的　摇　　篮。

| 5· 5 1 3 | 5 - - 3 | 2 1 7 2 | 6 - - - |
为　了　祖　国　　　繁　荣　富　强，

51

| 6. 6 7 1 | 2 - - 7 | 6 7 1 2 3 | 2 - - - |

我 们 成 长 在　　　钢 铁 的 摇　　篮。

55 稍慢速 激动地

| 1. 1 4 5 | 6 - - - | 6 5 4 3 | 2 - - - |

为 了 祖 国　　　繁 荣 富 强,

59　　　　　　　　　渐慢、渐弱

| 2. 2 2 6 | 5 - - - | 5 5 5 6 5 | 5 - - - | 5 0 0 0 ||

我 们 奋 斗 在　　　钢 铁 的 摇　　篮!

攻关

创作时间
1979年

创作人员
作词：原学生会人员

作曲：曲秉诗（选矿1977级）

作品简介
攻关，攻破科学的难关亦是克服生活的艰难，经历"山重水复疑无路"的困难，定会迎来属于每名学子的"柳暗花明又一村"。

当霞光洒满校园，伴随琅琅书声新的一天到来了，我们在沉思中探求真理，在实践中攀援峭壁，求知何惧千难万难，纵使山高路远，走过荆棘，眼前便是开满鲜花的康庄大道。攻克难题、解开疑点、心血换来硕果累累，钢铁摇篮培育栋梁，向祖国交出优秀答卷。

二、攻关

（白）战斗送走了紧张的白天，漫漫夜空又是星光灿烂。啊！满天繁星眨着眼睛，看我们又扬起攻关的征帆。不怕千难万险，何惧酷暑冬寒！用饱含智慧的答卷去迎接朝霞万里的明天！

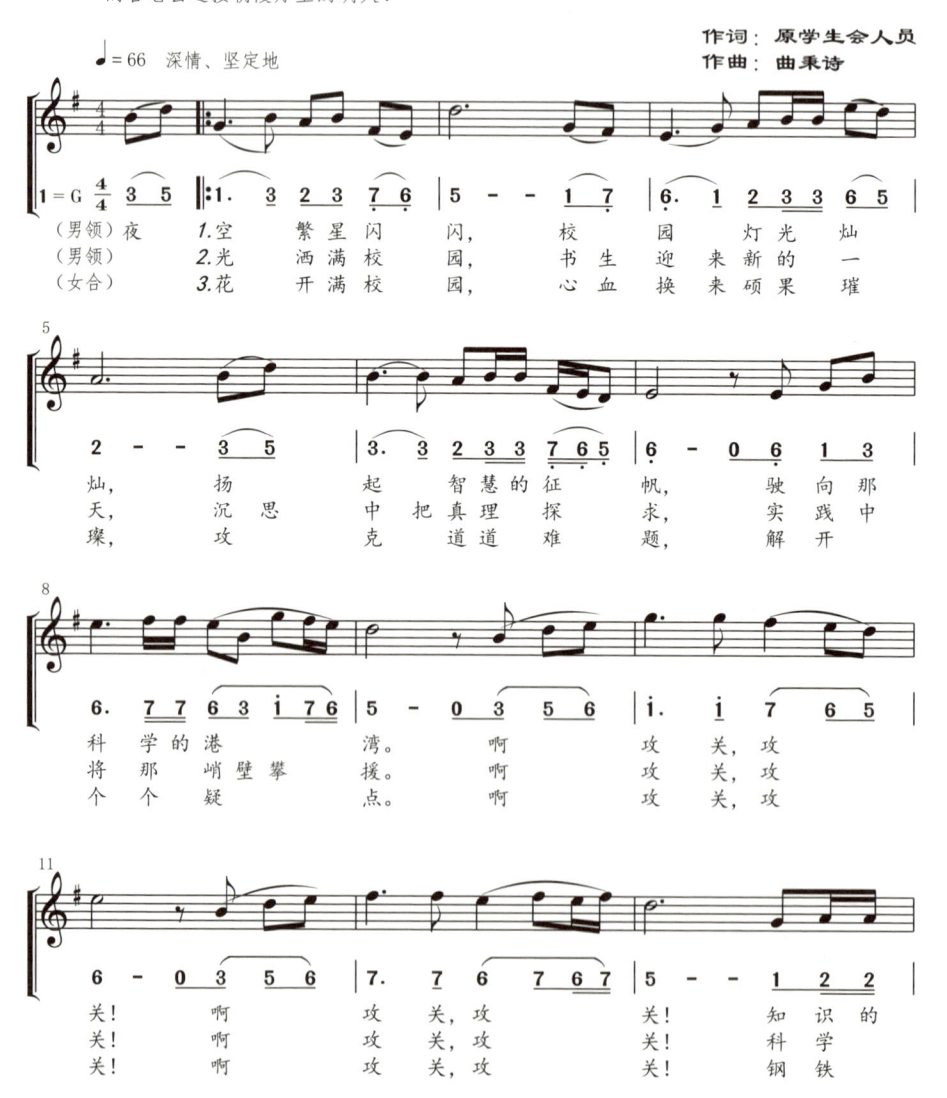

作词：原学生会人员
作曲：曲秉诗

♩=66 深情、坚定地

1=G 4/4

‖: 1. 3 2 3 7 6 | 5 — 1 7 | 6. 1 2 3 3 6 5 |

（男领）夜 1.空 繁星闪 闪， 校 园 灯光灿
（男领） 2.光 洒满校 园， 书 生 迎来新的一
（女合） 3.花 开满校 园， 心 血 换来硕果璀

2 — 3 5 | 3. 3 2 3 3 7 6 5 | 6 — 0 6 1 3 |

灿， 扬 起 智慧的征 帆， 驶 向那
天， 沉 思 中把真理探 求， 实 践中
璨， 攻 克 道道难 题， 解 开

6. 7 7 6 3 1 7 6 | 5 — 0 3 5 6 | 1. 1 7 6 5 |

科 学的港 湾。 啊 攻关，攻
将 那峭壁攀 援。 啊 攻关，攻
个 个疑 点。 啊 攻关，攻

6 — 0 3 5 6 | 7. 7 6 7 6 7 | 5 — 1 2 2 |

关！ 啊 攻关，攻 关！ 知识的
关！ 啊 攻关，攻 关！ 科学
关！ 啊 攻关，攻 关！ 钢铁

| 3. 5 6 6 5 6 | 2 - 0 7 6 5 | 5. 4 3 5 3 2 |

海洋浩瀚无边,　　求知　何惧急流深
之巅峰高路险,　　求知　何惧千难万
摇篮培育栋梁,　向人民交出优秀答

| 1 - (0 6 5 3 | 2. 5 3 2 3 | 1 - -) 3 5 : 1 - - 0 ||

渊。　　　　　　　　　霞
难。
卷。　　　　　　　　　鲜

成长

创作时间
1979年

创作人员
作词：原学生会人员
作曲：曲秉诗（选矿1977级）

作品简介
钢院的成长，是学习科研道路上的成长，也是全校师生的成长，师长的谆谆教诲、同学的相互鼓劲成就了每一个钢院人的蜕变。

歌曲描绘了当时钢院学生学习和生活中的故事，展现了20世纪七八十年代大学生的精神风貌，反映着那个年代的青年努力的样子，传承着一代代钢院人踏实肯干、追求卓越的精神品质，也激励着一代代钢院学子努力成长、不懈奋斗。

三、成长

(白)党的关怀多么温暖，人民的期望记心间；
今朝园丁勤培育，明日桃李满校园！

作词：原学生会人员
作曲：曲秉诗

♩.= 54 充满活力、乐观向上地

1.党的关怀多么温暖，人民的期望记心间；
2.青春的脚步快集结，歌唱生活和明天；

今朝园丁勤培育，明日桃李满校园。
歌声共唱万千遍，为祖国工作无限年。

啦啦啦啦啦啦啦啦，啦啦啦啦啦啦啦啦；

学习雷锋好榜样，人民永远记心上。
党的教诲记心间，我们奋进创新篇。

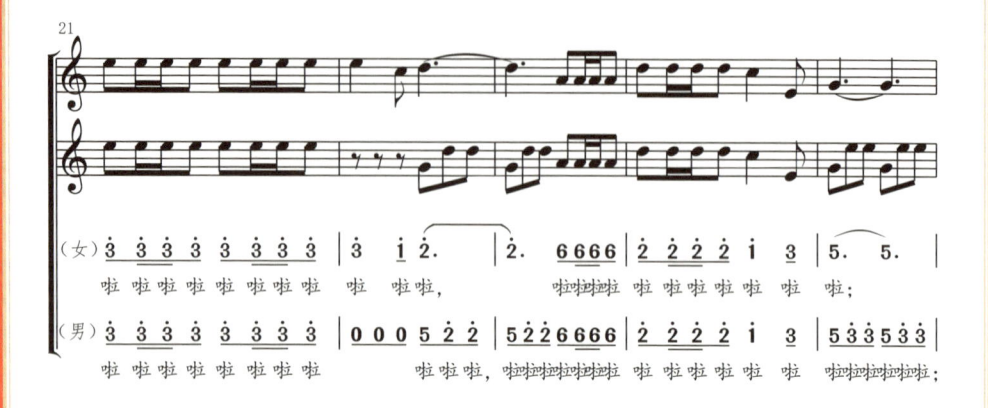

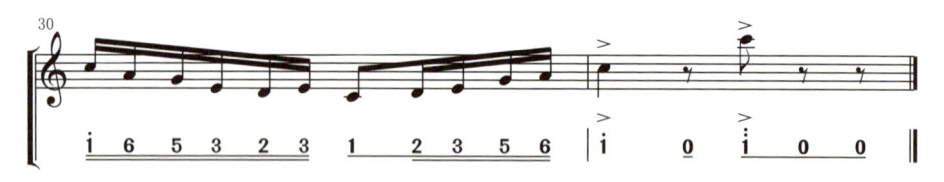

(女)3 3 3 3 3 3 3 3 | 3 i 2. | 2. 6666 | 2 2 2 2 i 3 | 5. 5. |
啦 啦 啦 啦 啦 啦 啦 啦 啦, 啦啦啦 啦 啦 啦 啦 啦 啦;

(男)3 3 3 3 3 3 3 3 | 0 0 0 5 2 2 | 5 2 2 6666 | 2 2 2 2 i 3 | 5 3 3 5 3 3 |
啦 啦 啦 啦 啦 啦 啦 啦 啦, 啦啦啦 啦 啦 啦 啦 啦啦啦啦;

1 2 3 5 | i 7 2 6. | 5 6 i 3 3 | 2 3 i. ‖
学 习 雷 锋 好 榜 样, 人 民 永 远 记 心 上。
党 的 教 诲 记 心 间, 我 们 奋 进 创 新 篇。

i 6 5 3 2 3 | 1 2 3 5 6 | i 0 i 0 0 ‖

展望

创作时间
1979年

创作人员
作词：原学生会人员

作曲：曲秉诗（选矿1977级）

作品简介
"海阔凭鱼跃，天高任鸟飞。"晨曦时分，钢院学子在钢铁摇篮中苏醒；雏凤清声，满井上空响彻钢院学子的声音；满腔热情，钢院学子怀抱梦想展翅高飞。

踏入钢院的那一刻，便是未来开启的那一秒。是经年累月沉积下来的钢铁的呼吸，是震烁四方的矿冶的呐喊，是超逸绝尘的材料的狂奔。前路光辉灿烂，他们坚定"举矿冶之星火，抚百年之国殇"的初心，立志立学、修德修身，将自己的青春献给祖国。

四、展望

（白）像海燕展开理想的翅膀，像骏马驰骋在未来的疆场。青春描绘着未来的美景；智慧更增添理想的光芒。锦绣前程党指引，"四化"宏图壮丽辉煌。战斗啊战斗，去迎接那2000年的曙光！

作词：原学生会人员
作曲：曲秉诗

♩=66 深情、充满希望地

1=G 4/4

`6 5 3 5 2 1. 2 | 3 5 6 7 6 5 6 - | 7 7 6 5 5 3 | 5 3 2 3 1 2 -`
（女声领唱）展　开　理想的翅　膀，无际的蓝天　让我翱　翔。

`3 3 2 3 1 6 - | 5 3 2 3 1 3 - | 5.3 5 6 7.6 | 5.3 5 6 6 -`
四化宏　图，壮观雄　伟。我们的事业，无比辉　煌。

速度加快 进行曲风格 慷慨激昂地

`‖: 7 7 7 7 7 7 6 5 | 6 6 6 6 6 5 5 3 | 3 3 3 3 3 3 1 6 5 | 6 1 2 3 5 6 6 )`

`1 6.1 6 6 3 | 1 6 1 2 1 6 - | 1 6.1 6 6 3 | 1 6 1 2 1 3 -`
（男）1.开　千年宝藏，铺万条铁　轨；建摩天大厦，架铁柱钢　梁。
　　 2.筑　千座钢城，立万座工　厂；送卫星上天，迎巨轮下　洋。

17
| 2 23 1 2 6̣ | 1̣ 6̣ 1 3 1 2 — | 2 2 3 1 2 6̣ | 5̣ 3̣ 5̣ 1 5̣ 6̣ — |

(女)把 数学 方程 变成 高炉，把 蓝图 设计 变成 钢 厂。
让 汗水 伴着 铁水 奔 流，将 我们的 青春 献给 理 想。

21
| 3 3̣ 5 6̣ 6̣ 1 | 1 1 6̣ 5̣ 3̣ — | 6̣ 6̣ 1 2 2 3 | 5 3 2 1 2 2 3 |

(男)做 无产 阶级 红色 专 家，钢花 伴着 捷报飞扬；啊，
做 无产 阶级 红色 专 家，钢花 伴着 捷报飞扬；啊，

25
| 5 3̣ 5 6. 6̣ | 5 3 5 6 6 — | 5 3 5 2 2 3 | 5̣ 6̣ 2 1 6̣ — ‖

(女)展望 前程 光辉 灿 烂，理想 使我们 跨入 明天。
展望 前程 光辉 灿 烂，理想 使我们 跨入 明 天。

29
(6 — 3 5 | 6 — 3 5 | 6 1 6 5 6 | 3 — — — |

33
2 — 6̣ 1 | 2 — — 3 | 5 3 5 6 | 6 — — — |

37
$\underline{7.\underline{6}}\,\underline{6\,5}\,\underline{6\,5}\,\underline{5\,3}\,|\,\underline{3\,2}\,\underline{3\,1}\,\underline{\dot{6}\,2}\,-\,|\,\underline{7.\underline{6}}\,\underline{6\,5}\,\underline{6\,5}\,\underline{5\,3}\,|\,\underline{3\,2}\,\underline{3\,1}\,\underline{2\,\dot{6}}\,\dot{6})\,|$

41
$\underline{1\,\underline{6.}\underline{1}\,\underline{6\,6}\,3}\,|\,\underline{1\,6}\,\underline{1\,2}\,\underline{1\,\dot{6}}\,-\,|\,\underline{1\,\underline{6.}\underline{1}\,\underline{6\,6}\,3}\,|\,\underline{1\,6}\,\underline{1\,2}\,\underline{1\,3}\,-\,|$
(男女齐唱)筑 千 座 钢 城， 立 万 座 工　　 厂； 送 卫 星 上 天， 迎 巨 轮 下　洋。

45
$\underline{2\,2}\,\underline{3\,1.}\,\underline{\dot{6}}\,|\,\underline{1\,6}\,\underline{1\,3}\,\underline{1\,2}\,-\,|\,\underline{2\,2}\,\underline{3\,3}\,\underline{2.\,\underline{6}}\,|\,\underline{5\,5}\,\underline{6\,2}\,\underline{1\,\dot{6}}\,-\,|$
让 汗 水 伴 着 铁 水 奔 流， 将 我 们 的 青 春 献 给 理 想。

49
$5\,\underline{3\,5}\,\underline{6.\,\underline{6}}\,|\,\underline{5\,3}\,\underline{5\,6}\,\underline{6}\,-\,|\,5\,\underline{3\,5}\,\underline{6.\,\underline{6}}\,|\,\underline{5\,3}\,\underline{5\,6}\,\underline{6}\,-\,|$
民 族 重 任 负 担 在 肩， 理 想 使 我 们 跨 入 明 天，

53
$3\,\underline{3\,5}\,\underline{2.\,3}\,|\,\underline{5\,6}\,\underline{2\,1\,\dot{6}}\,-\,|\,\dot{6}\,-\,\underline{3\,5}\,|\,6\,-\,\underline{3\,5}\,|$
(女)理 想 使 我 们 跨 入 明 天。 啊， 啊，

$(男)\,3\,\underline{3\,5}\,\underline{2.\,3}\,|\,\underline{5\,6}\,\underline{2\,1\,\dot{6}}\,-\,|\,\underline{1\,\underline{6.}\underline{1}\,\underline{6\,6}\,3}\,|\,\underline{1\,6}\,\underline{1\,2}\,\underline{1\,\dot{6}}\,-\,|$
理 想 使 我 们 跨 入 明 天。 筑 千 座 钢 城， 立 万 座 工　厂；

| 6 i 6 5̲6̲5̲ | 3 - - | 2 - 3 | 5 - - |
啊， 啊， 啊， 啊，

| 1̲ 6̲.1̲ 6̲6̲ 3̲ | 1̲6̲1̲ 2̲1̲ 3 - | 2̲2̲ 3̲1̲. 6̲ | 1̲6̲1̲ 3̲1̲ 2 - |
送卫星上天， 迎巨轮下洋。 让汗水伴着铁水奔流，

| 5̲ 3̲ 2̲ 1̲ | 6 - - - | 5̲ 3̲5̲ 6̲.6̲ | 5̲3̲ 5̲6̲6 - |
啊， 啊！ 理想使我们跨入明天，

| 2̲ 2̲3̲ 2̲. 6̲ | 5̲5̲ 6̲2̲1̲ 6̲ - | 5̲ 3̲5̲ 6̲.6̲ | 5̲3̲ 5̲6̲6 - |
民族重任担负在肩； 理想使我们跨入明天，

| 7̲7̲ 7̲6̲.6̲ | 5̲3̲ 5̲6̲6 - | 7̲.6̲ 5̲3̲ 5̲3̲1̲ | 6 - 0 5̲3̲ |
(男女齐唱)理想使我们跨入明 天， 跨入明 天！(女独)把我们

| 2̲.3̲1̲ 2̲5̲ 3̲2̲3̲1̲ | 2̲ 3̲5̲ 7̲7̲ 6 | 5̲3̲ 5̲6̲6 - | 6 - - - ‖
美丽的青 春，献给人民， 献 给 党！

钢铁青年之歌

创作时间

1979年

创作人员

作词：原学生会人员

作曲：曲秉诗（选矿1977级）

作品简介

歌曲表达了钢院青年学子饱满的学习热情和报国之志，其以优美的旋律和动人的歌词受到同学们的喜爱，成为当时在校大学生争相传唱的"流行歌曲"，且流传至今。学校管乐团还将这首歌曲改编成了伴奏。

这首歌曲具有时代特色，歌词反映了当时奋斗前进、努力发展的青年学子们的精神面貌。他们是钢铁的青年，也是冲锋在前的好士兵。钢铁青年们拥有钢铁一样的意志、不屈的品格和坚定的理想，他们立志为祖国的发展注入新鲜的血液和活力，提供强大的动能。

2008年，学校举办1977级、1978级校友入学30周年纪念活动，《钢铁青年之歌》是庆祝大会的压轴节目。

2018年，学校举办1977级、1978级校友入学40周年纪念活动，选矿1977级曲秉诗指挥校学生管乐团和全体返校校友再次精彩演绎《钢铁青年之歌》。

五、钢铁青年之歌

作词：原学生会人员
作曲：曲秉诗

♩=96 铿锵有力地

1=G 2/4 (5. 5 5 | 5. 5 5 | 5 3 6 5 3 6 | 5. 5 5 |
5 3 6 5 3 6 | 5. 5 5 | 5 5 5 5 | 5 2 3 4)｜

5 — | 3. 6 5 3. 2 | 1 5 | 6 6 5 | 1 1 2 |
1.我 们 是 钢 铁 的 青 年，我 们 是 冶 金 战 线
2.我 们 是 钢 铁 的 青 年，我 们 是 冶 金 战 线

3 2 1 | 5 — | 5 — | 5 — | 3. 2 | 1 7 1 | 2 6 |
尖   兵。   满   怀   人 民 的 期 望，
尖   兵。   党   把   我 们 哺 育，

0 5 6 5 | 1 2 2 | 3 3 3 2 | 1 — | 1 — |
我 们 搏 击 在 知 识 的 海 洋。
熔 炉 中 冶 炼 成   钢。

(男)努力勤奋，坚韧顽强；又红又专，体魄健壮。
刻苦学习，刻苦钻研；勇攀高峰，无上荣光。

(女)为了实现四个现代化，

(合)我们在钢铁摇篮中茁壮成长。

茁壮成长，　　茁壮成长！

上 20世纪80年代学校合唱团合唱《钢铁青年之歌》
下 2018年学生管乐团和全体返校校友精彩演绎了《钢铁青年之歌》

众／志／成／城

时间轴上画历史，几度风云今胜昔。北京科技大学社会实践和志愿服务拥有优良的传统，学校青年师生在服务社会、参与重大活动中创作了《今日大战十三陵》《心中的志愿》《让微笑在北科绽放》《小博士之歌》等一大批优秀作品。

自1952年建校以来，学校坚持将教育与生产劳动相结合，锻造了北科青年崇尚实践的鲜明品格。

2004年，学校在全国率先将"社会实践"作为全校本科生的必修课程纳入教学计划。学校社会实践被《求是》杂志誉为"社会实践的北京科技大学模式"，先后获评国家级精品课程、国家教育教学成果二等奖、国家一流本科课程等。多年来，学校先后以"强国之路青年体验行动""乡村振兴青年有为行动""社会主义先进文化繁荣发展行动"等为主题，组织学生开展实践活动，广大学生深入基层，深入田间地头、企业厂矿、革命老区、改革新区等，在社会大课堂上"受教育、长才干、作贡献"。

"大学生志愿服务"作为全校本科生的必修课程纳入教学计划，多年来，北京科技大学青年志愿者积极参与北京亚运会、2008年北京奥运会、APEC会议、"一带一路"国际合作高峰论坛、中非合作论坛北京峰会、亚洲文明对话大会、世界园艺博览会、中华人民共和国成立70周年庆祝大会、中国共产党成立100周年庆祝大会、2022年北京冬奥会等国家大型赛会及主场外交活动。

今日大战十三陵

创作时间

1958年

创作人员

修建十三陵水库的北京钢铁工业学院（北京科技大学）师生

作品简介

1958年，北京高校数万名师生参加了十三陵水库的修建，北京钢铁工业学院三千余名师生参与其中。在学校突击队员的感染和鼓舞下，钢院师生自编了歌曲《今日大战十三陵》。

一时间，钢院师生的情绪愈发高涨，日夜奋战，展现出不畏艰险、甘于奉献的高尚精神和积极投身于国家建设的爱国情怀，自此有了"奋战修建十三陵，钢院美名永流传"的美誉，也为钢院人赢得了"钢小伙""铁姑娘"的美誉。

当时的工地上没有什么机械设备，几乎所有的土石方都要靠人们用箩筐挑、用扁担抬。学生们住的是临时搭建的帐篷，吃的是窝窝头就咸萝卜条，条件十分艰苦。然而，被誉为"钢铁战士"的北京钢铁工业学院的三千余名师生非但没有叫苦叫累，反而自发组织了各种英雄突击队。最有名的是"刘胡兰突击队"（全都由女生组成）、"青年近卫军突击队"、"黄继光突击队"等，每队四十人左右，热火朝天地开展劳动竞赛。普通人每次挑两箩筐土石方，突击队的师生每次挑四箩筐，用自己的实际行动展现出钢铁学院的英姿，树立了优秀的榜样。

曲谱以口述记谱的方式得以留存，由李辉东（第三任团委书记）口述，王鹏记谱。

今日大战十三陵

作词、作曲：北京钢铁工业学院（北京科技大学）师生

♩=96 坚定地

1=B 4/4

| 5. 5 5 2 1 | 5 — — — | i. 6 5 5 3 | 2 — — — |
红旗插满山，　歌声响满川。

| 1 5 3 2 3 2 | 1 — — — | 5 3 2 3 2 7 6 | 5 — — — |
咱都在十三陵，　要把水库来修建。

| 5. 2 5 0 2 | 5. 2 5 2 5 — | 5. 5 2 3 5 |
哎嘿，哎嘿，哎嘿哎嘿哎，筑基拦河坝，

| i. 6 5 3 2 | 1. 5 3 2 3 | 5. 3 2 1 6 |
踩平荫蔽山，堵住围水，灌溉万顷田。

| 3. 3 3 3 3 | 3 i 6 — | 2 2 2 7 6 2 | 5 — — — :|
拼着革命的干劲，要把河水来改变！

1958年，北京钢铁工业学院师生们参与修建十三陵水库场景（图片来源：《中国冶金报》）

心中的志愿

创作时间

2008年

创作人员

作词：吴凡（环境2006级）、刘冰（行政管理2005级）

作曲：韩学周（时任团委教师）

作品简介

作为2008年北京奥运会北京科技大学志愿者主题曲，《心中的志愿》开头恢宏大气，简单凝练的歌词处处渗透着北京科技大学学子对奥运的渴望和强烈的民族自豪感。作品以志愿者为主体，以"奉献、青春、责任、创新"为理念，强调"时尚、精神、文化"的内涵，形式上朗朗上口、易于传唱。

歌曲内容积极向上，韵律感强，平仄搭配合理，方便记忆和集体传唱，兼顾艺术性与思想性，体现了"北京科技大学""奥运志愿者"等基本元素，能唤起北京科技大学所有志愿者的共同心声，具有较强的感染力。

2008年7月初，北京科技大学的奥运志愿者们就已经开始为奥运会做准备了，为了让奥运志愿者在服务期间没有后顾之忧，100多名学生组成了平方服务队——作为"志愿者的志愿者"，在幕后为奥运会的志愿者们提供各项后勤保障。而《心中的志愿》就由平方服务队和志愿者创作，词作者吴凡是平方服务队的成员，刘冰是服务于北京科技大学场馆的一名赛会志愿者，曲作者韩学周负责本校开幕式演员的后勤保障工作。

2008年，学校制作了《心中的志愿》MV，学校艺术团组织了一支平方服务队参演。

心中的志愿

作词：吴凡 刘冰
作曲：韩学周

♩=112 激动、欢快地

1=D 4/4

`5. 1 1 5 2 - | 4. 3 3 2 1 - | 1 1 1 1 1. 7 7 6 | 5 - - 0 5 5 |`

1. 伸手 触摸，奥运 光芒，梦想 内心 从未 彷 徨。奥林
2. 赛场 内外，汗水 闪亮，微笑 便能 加注 力 量。不同
3. 赛场 内外，汗水 闪亮，微笑 便能 加注 力 量。不同

`6. 1 1 2 1. 5 5 | 5 3 2 1 1 3. | 2 - - 0 5 | 3 3 2 1 3 3 3 3. |`

匹克 旗下，我们 许下 虔诚 的誓 言，让 世界 见证 华夏 的辉
岗位 之上，我们 创造 同样 的精 彩，用 惊叹 号诠 释青 春的理
岗位 之上，我们 创造 同样 的精 彩，用 惊叹 号诠 释青 春的理

`1 - - - | 0 0 0 0 ‖: 5 6 1 3 5. 7 | 1. 7 7 3 5 - |`

煌。　　　　　　心中 的志愿，让你我 发光；
想。
想。

`6. 6 6 5 6. 6 6 | 1. 1 1 5 3 - | 5 6 1 3 5. 7 | 1. 7 7 6 5. 5 5 |`

携手 向前，来做 彼此 肩膀，心中 的志愿，给你我 力量，坚持

17
到底，才有快乐的分享！
D.C
心中的志愿，让你我发光；携手向前，来做彼此肩膀。
25
心中的志愿，给你我力量，坚持到底，才有
28
快乐的分享！
Fine.

上　2008年北京奥运会北京科技大学志愿者在学校五环广场合照
下　2008年北京奥运会北京科技大学啦啦队志愿者合照

让微笑在北科绽放

创作时间

2012年

创作人员

作词：刘晓东（时任团委书记）、高燕（国贸2000级）

作曲：都基辉（时任团委副书记）、岳明（特邀）

作品简介

作为志愿服务精神的载体，它营造了"我志愿、我光荣"的校庆志愿服务氛围，诠释了志愿者共同用微笑与志愿播撒希望、传递力量的精神内涵。2012年，歌曲在"北京科技大学60周年校庆动员大会暨校庆志愿者通用培训大会"上发布。

"让微笑在北科绽放"是北京科技大学60周年校庆志愿者的口号，寓意微笑服务、温暖彼此、凝聚你我，让北科校园焕发青春气息、闪耀璀璨光芒。

校庆志愿者承载着光荣与使命。接待志愿者群体是校庆志愿者中人数最多的一支队伍，总计800余人，承担着一对一全程陪同校友参加各项校庆活动的任务。翻译服务志愿者为来访外宾展现北京科技大学学子的精神风貌。校园引导志愿者直至校庆晚会结束仍坚守岗位，他们为校友指引离校方向，用"北京科技大学生日快乐！校友们常回家看看！"的话语将爱与真情播撒在北科校园。讲解志愿者被称为校史知识的"活字典"，他们向校友、嘉宾讲述了北京科技大学60载的沧桑巨变。

后来，学校制作推出了《让微笑在北科绽放》MV。

让微笑在北科绽放

作词：刘晓东 高燕
作曲：都基辉 岳明

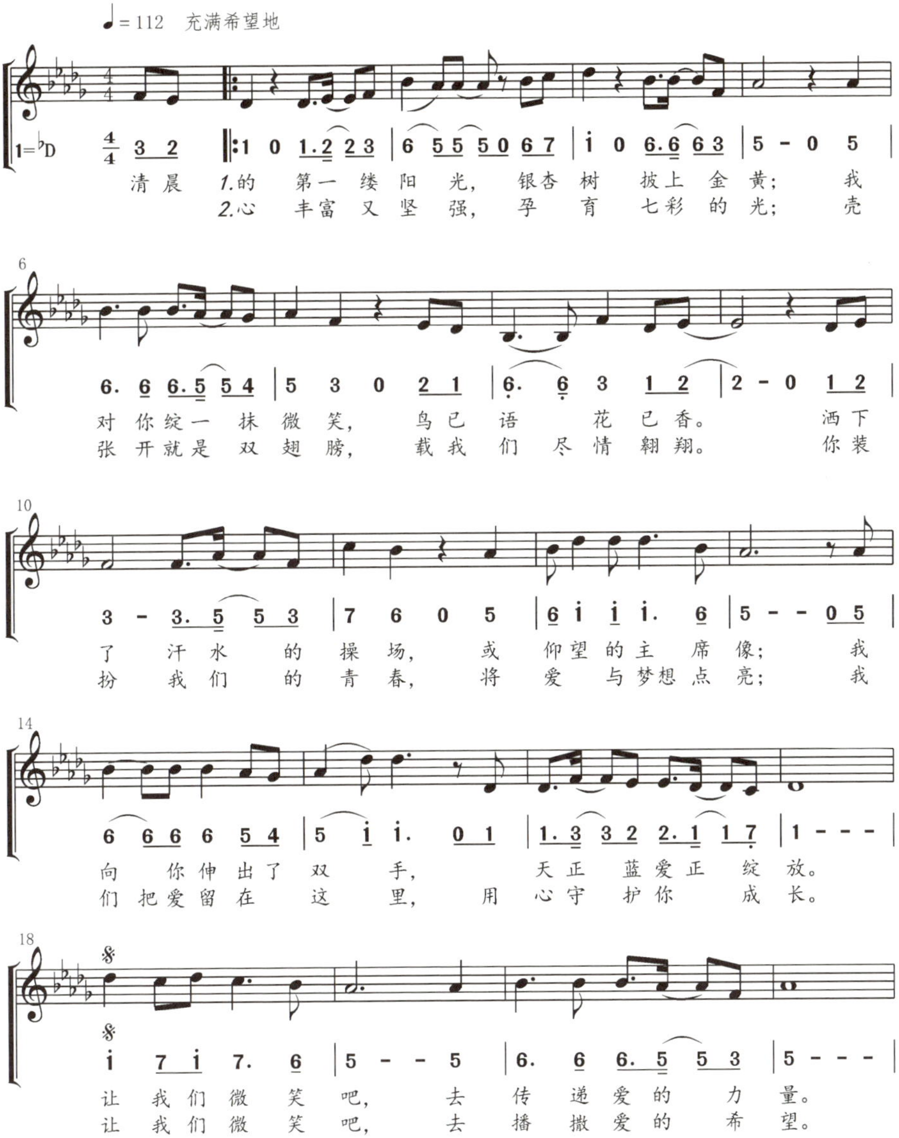

22
你脸上我脸上，都有最美的光芒。
你有爱我有爱，照亮前进的方向。
26
一起来志愿吧，为年轻的心领航。
一起来志愿吧，为年轻的心护航。
30
你也在我也在，手牵手奔向前方。贝壳
你奉献我奉献，青春路上不迷惘。
35
转1= B
微笑是我的语言，我的喜悦，
39
是你与我分享，快乐的样子。
43
志愿是我的承诺，我的行动，

努力 让 微笑 在北 科 绽 放。

1=♭D

手 奔 向 啊 前 方！

上 《让微笑在北科绽放》MV
下 2012年北京科技大学建校60周年庆祝大会部分志愿者合照

小博士之歌

创作时间

2016年

创作人员

作词：周天尧（英语2012级）

作曲：沈力（金融2011级）

作品简介

作为北京科技大学社会实践主题曲，《小博士之歌》深刻描绘了"小贝壳"们的社会实践历程，激励"小贝壳"们不怕困难，勇往直前，在社会实践中受教育、长才干、作贡献。

"黑框眼镜常微笑，头戴一顶博士帽"的"北科小博士"动漫IP形象自问世后，成了学校社会实践代言人，经常出现在学校各大活动现场。

每年到了暑假，同学们化身"小博士"走改革新区、访革命老区、下基层农区、进企业厂区。北京科技大学率先设立"社会实践"必修课，其被评为国家级精品课程，2020年入选教育部首批国家级一流本科课程，成为北京科技大学最靓丽的育人名片。

"我们都是小博士，掬一捧满井水，洗净明亮的双眼，脚步丈量天地宽。"歌词不仅融入了北京科技大学的传统，还将其与洗涤明澈双眼的甘甜泉水巧妙融合，写出北京科技大学对于扶贫支教等社会实践项目的高度重视。歌曲采用2/4拍，朗朗上口，编曲律动十足，中间穿插说唱流行元素，诙谐可爱，非常真实地描写出当代大学生的日常，并时刻提醒督促他们努力拼搏，向"小博士"看齐。

2016年，学校制作了《小博士之歌》MV，后多次更新。

小博士之歌

作词：周天尧
作曲：沈力

♩ = 132　热情欢快地

1 = D 4/4

1. 3 3 5. | 2 2 2 #4 4 6. | 0 6 6 7. 7 0 7 | 5. 5 0 3 3 — |
有一个　小小的身　影，　　在学院路　的三十　号；

1 1 3 5 5 | b2 2 #4 6 6 | 0 6 6 7 7 7 7 | 0 1 1 — — |
黑框眼　镜　常　微笑，　　头戴一顶博士　帽。

(3 1 2 — | 2 5 1 1 — | 6 1 7 2. | 5 — — — |

3 1 2 — | 7 5 1 1 — | 6 1 7 5 1 | 1 — — —)

‖: 0 3 3 3 2 2 1 | 2 2 2 3 0 2 2 | 0 1 1 1 1 6 | 7 7 7 1 0 7 7 |
1. 崇尚实践是老　钢院的口　号，　　以梦为马步子　迈得稳又　好。
2. 刚柔并济我们　忆苦又思　甜，　　汗水挥洒迈过　山水的连　绵。

6 0 1. 1 0 1 | 5 2 1 0 0 | 4 4 4 4 5. 5 2 | 2 — — — :‖
北　科大　的小博士，　腹有诗书才干　高。
北　科大　的新青年，

德才昭彰创新篇 学理论爱民生
玩科技 去扶贫 环境保护 文化繁荣
怎么实践都不嫌多 我们都是小博士
掬一捧满井水 洗净明亮的双眼 脚步
丈量天地宽 我们都是小博士
转眼间十年去 回首青年志四方 贝壳

回荡 新乐 章　　（白）睡懒觉，撸烤串，不如实践万里路；

看言情，玄幻书，不如实践万里路；刷淘宝，看欧巴，不如实践万里路；

刷装备，上高地，　不如实践万里路。投身助力"十三"五，

青春奋进实践路；看我魔鬼的脚步，一步又一步！

上　原创《小博士之歌》MV
下　2018年小博士参加"中国青年好网民"优秀故事分享团活动

青/春/风/华

人生是一本书,大学生活则是其中最精彩的一页。蓟门巍巍,满井苍苍,在北京科技大学就读的几年,是众多北科学子人生当中极快乐、极怀念、收获极大的一段时光,学子们在这条道路上慢慢寻找人生目标和梦想,渐渐地肩上有了行囊,地平线有了远方,眼中映出星辰,心中有光,前进就充满了无限的力量。或许每个人都是这个校园的过客,终将离开这座象牙塔,去往海角四方,但是时光不染,回忆不淡,美丽的校园、可亲可爱的师长、一起成长的同学们,都是我们此生无法忘却的美好。

《铸梦青春》《北京科技大学毕业歌》《年少的时光》《吾肆放歌》《银杏叶片》《银杏路》展现了学子们在北京科技大学度过的美好时光,愿大家走出半生,归来仍是少年,历尽千帆回眸时,眼有星辰大海,胸有丘壑万千,心有繁花似锦。

铸梦青春

创作时间

2013年

创作人员

作词：解红叶（行政管理2009级）、尼倩倩（日语2009级）

作曲：沈力（金融2011级）

作品简介

歌曲创作于2013年，是青年学子纪念北京科技大学共青团成立60周年的艺术作品。

2013年9月14日，学校迎来一群特殊的"客人"，他们是曾经在北京科技大学共青团工作岗位工作的老团干们。他们重返母校，再一次以青年团员的身份参加北京科技大学"铸梦青春"主题团会暨建团60周年庆祝活动。200多名老团干们组成临时团支部，重温了北京科技大学共青团的青春时光。"铸梦青春"主题团会现场发布了这首原创歌曲《铸梦青春》，引发了在场所有人的强烈共鸣。北京科技大学管乐团还在中国音乐学院音乐厅为老团干和青年团员们献上了一场精彩绝伦的《铸梦青春》专场音乐会，赢得了阵阵掌声。

六十载青春不老，六十载北科铸梦。

铸梦青春

作词：解红叶 尼倩倩
作曲：沈力

♩=132 充满信心地

1=A 4/4

3 3 3 4 5 | 5 - 5 1 1 | 7 7 7 6 5 | 5 - 0 3 3 |
1.梦中的梦中， 我们是跃动的火族； 随钢
2.昨天的昨天， 那热情被汗水模糊； 你在

4 4 3 4 6. | 5 4 3 3 2 2 3 | 4 4 3 4 1 1 | 7 6 5 5 - |
花和铁水一起飞舞， 段铸举托未来的青春熔炉。
我的心里描绘征途， 告诉我远航就要展翅高翥。

3 3 3 4 5 | 5 - 5 3 2 | 1 1 1 5 6 | 6 - 0 4 3 |
手中的手中， 我们用灿烂的光束； 将希
曾经的曾经， 那梦想被泪水凝固； 你为

4 4 3 4 6 | 5 7 1 1 6 5 | 6 6 6 6 7 1 | 3 1 2 2 - | 2 0 0 0 :‖
望与力量紧紧握住， 励志风雨无阻的一生追逐。
我的天空带来春雨， 告诉我成功需要

1 0 3 2 1 | 1 2. 2 3 2 3 | 5 - - - | 5 0 5 1 2 |
钢浇铁铸。 哦， 亲爱的

```
4 - 4̲3̲ 3̲3̲ | 3. 5̲ 3̲ 2̲1̲̇ | 7 7̲7̲ 7̲6̲ 5̲ | 5̇ - 5̲ 7̲ 1̇ |
```
北 科大， 是你积淀青春的高 度， 促我将

```
6 6̲6̲ 6̲4̲ 4̲ | 4 - 5 4̲3̲ | 3̲2̲ 2 - | 2 - 5̲ 1̇ 2̇ |
```
时代的使命 勇敢肩 负。 亲爱的

```
4 - 4̲3̲ 3̲3̲ | 3. 5̲ 3̲ 2̲1̲̇ | 7 7̲7̲ 7̲6̲ 5̲ | 5̇ - 5̲4̲ 3̲ |
```
北 科大， 是你点亮生命的光 烛， 助我为

```
4̲ 4̲ 4̲5̲ 5̲ | 5̇ - 5̲ 4̲3̲ | 3̲1̲̇ 1̇ - - | 1̇ - - 0 |
```
民族的梦想， 全力以 赴。

```
7̲ 7̲ 7.̲ 1̲̇ 1̲̇ 2̲̇ | 2̇ 1̲̇1̲̇ 1̲̇1̲̇ 1̲̇ 6̲ | 6.̲ 1̲̇ 3̲̇ 4̲̇ 3̲̇ 1̲̇ | 1̇ - - - |
```
岁月金黄了银杏路， 时光斑驳了铁锈楮；

```
6̲ 5̲4̲ 4̲6̲ 6̲7̲ | 1̇ 2̇3̲̇ 3̲̇ 1̇. | 6̲ 7̲ 1̇ 2̲̇ 2̲̇ | 2̇ - 3̇ 4̲̇3̲̇ | 5̇ - - - |
```
代代青年在你心怀汇聚， 母亲北科 年轻如初。

46
1=♭B
哦，亲爱的北科大，是你一直
50
温暖的鼓舞，促我将时代的使命勇敢肩
54
负。亲爱的北科大，是你多年
58
无悔的付出，助我为民族的梦想，全力以
62
赴。助我为民族的梦想，
66
全力以赴！

上 2013年"铸梦青春"北京科技大学建团60周年主题团会
下 2013年学校拍摄制作的《铸梦青春》MV

北京科技大学毕业歌

创作时间
2009年

创作人员
作词：潘小俪（时任团委副书记）、关望（冶金研2008级）、刘畅（法学2006级）、王深（英语2006级）、陈超（本2006级）、高文迦（材料学系研2008级）
作曲：刘畅（法学2006级）

作品简介
这首毕业歌表达了即将毕业的学子对北科精心培养的感激之情以及离开母校时的依依不舍。同时也真挚地体现出北科学子们无论在何方都会挂念母校，继续发扬北科精神，为国家的发展而奉献自我的情怀。

绿色草坪上跳跃的身影和红色塑胶上奔跑的我们，每一帧都是青春的电影画面。熟悉的开场白——将时间凝结成梦，最终成为圆满的句号。毕业走出校园，那些坚毅的精神、不屈的能量、对梦想的执着和待人的赤诚，没有因为时光而消减。以后的每一步，都有他们的印记，就像是无数个北科的缩影，在演绎着自己的人生，也是整首歌曲不可或缺的拼图，千丝万缕也不会落幕。

歌曲由刘少蓉、胡琳熠、杨盛凯、秦子、赵平平、杨朔在2009年毕业典礼上首次演唱，后成为连续多年北京科技大学毕业季主打歌曲。歌词的朗诵部分被《北科华章》等多首歌曲引用。学校毕业生多次制作了这首歌曲的MV。

北京科技大学毕业歌

作词：潘小俪 关望 刘畅
王深 陈超 高文迦
作曲：刘畅

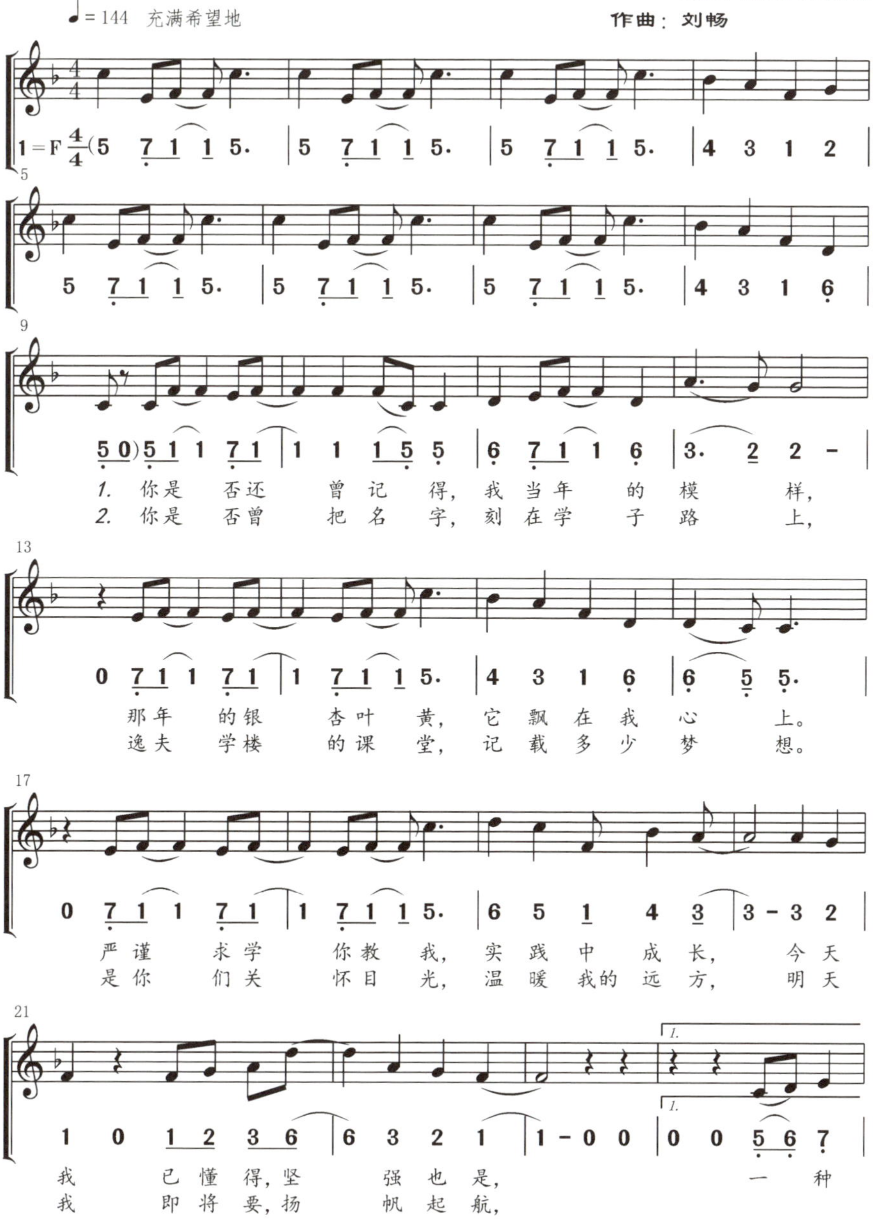

```
25
1 - 1 2 2 | 2 - - - :‖ 0 6 6 7 | 1 - - 2 2 | 2 - - -
信    仰。         独自去闯    荡。

30
(反复时转1=G)
‖: 3 - - 4 5 | 5 - 3 1 7 1 | 1 7 5 6 5 | 5 - - -
北 科 大，   我 将 我 的  青 春 留 下，

34
3 - 3 4 5 | 5 - 3 1 7 1 | 1 7 5 6 5 | 5 - - -
海 角 天 涯，  你 都 是 我   永 远 的 家。

38
5 4 3 4 | 3 2 2 - | #5 3 2 3 | 2 3 2 1 1 -
钢 铁 摇 篮 的 希 望，  撑 起 民 族 的 脊 梁，

42
6 7 1 6 6 | 5 1 2 3 3 | 4 3 2 1. | 4 - 5 -
让 我 追 寻 你 的 荣 光， 开 创 新 的 辉 煌。

46
3 - - 4 5 | 5 - 5 1 7 1 | 1 7 5 6 5 | 5 - - -
北 科 大，   我 将 你 的  名 字 写 下，

50
3 - 3 4 5 | 5 - 3 1 7 1 | 1 7 5 6 5 | 5 - 7 1 6 |
海 角 天 涯，  你 都 是 我  们 的 牵 挂。 无 论
```

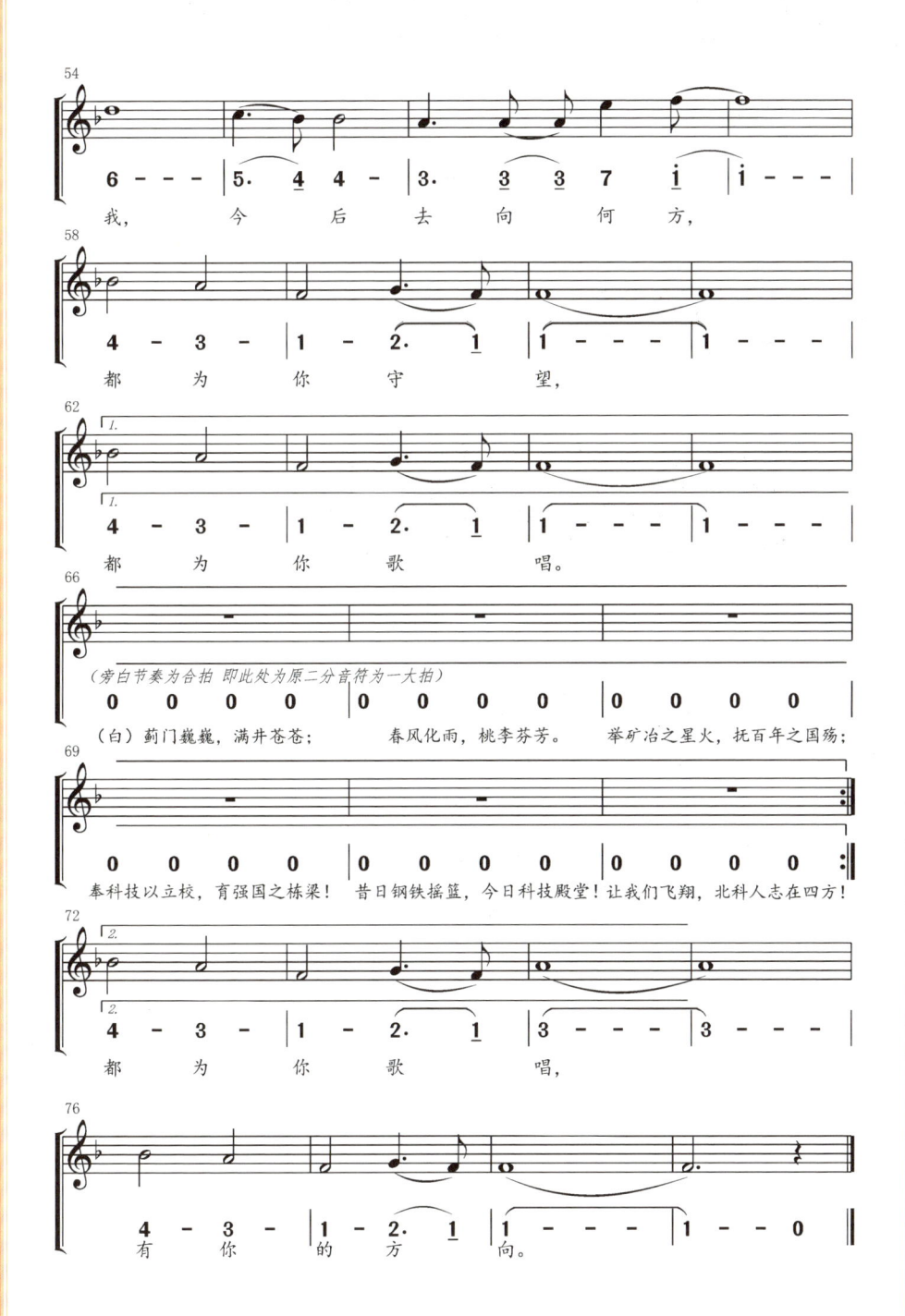

54
6 - - - | 5. 4 4 - | 3. 3 3 7 | 1 1 - - - |
我， 今 后 去 向 何 方，

58
4 - 3 - | 1 - 2. 1 | 1 - - - | 1 - - - |
都 为 你 守 望，

62 *1.*
4 - 3 - | 1 - 2. 1 | 1 - - - | 1 - - - |
都 为 你 歌 唱。

66
（旁白节奏为合拍 即此处为原二分音符为一大拍）
0 0 0 0 0 | 0 0 0 0 | 0 0 0 0 |
（白）蓟门巍巍，满井苍苍； 春风化雨，桃李芬芳。 举矿冶之星火，抚百年之国殇；

69
0 0 0 0 | 0 0 0 0 | 0 0 0 0 |
奉科技以立校，育强国之栋梁！ 昔日钢铁摇篮，今日科技殿堂！ 让我们飞翔，北科人志在四方！

72 *2.*
4 - 3 - | 1 - 2. 1 | 3 - - - | 3 - - - |
都 为 你 歌 唱，

76
4 - 3 - | 1 - 2. 1 | 1 - - - | 1 - - 0 ‖
有 你 的 方 向。

上、中　2009届北京科技大学毕业生首次演唱《北京科技大学毕业歌》
下　2010届北京科技大学毕业生录制《北京科技大学毕业歌》MV

年少的时光

创作时间

2014年

创作人员

作词、作曲：金鑫（法学2010级）

作品简介

歌曲伴奏悠扬舒缓，旋律悦耳动听，展现了毕业季情怀。歌词朗朗上口，表达了一位即将毕业走出校园的大四学生对母校的留恋和无限热爱，对大学四年生活的无限回忆以及对未来的美好憧憬。歌曲曾获中国教育电视台"青春之歌2018——全国校园跨年晚会"的"最美校歌"十优毕业歌推介。

临近毕业，同学们即将与学校渐行渐远，从深爱的学院路30号去到全世界不同的地方，时光不再。这首歌抒发了毕业生的留恋与不舍之情。"少年时光好，岁月难再还"，人生最美不过年少的时光。古往今来，多少文人墨客感慨："花有重开日，人无再少年""胸怀凌云志，莫负少年时"。年少，少年，多么美好的字眼，青涩单纯、鲜衣怒马、意气风发、光芒万丈。毕业时，令人最容易想起的正是这些年少时光，对于北科学子来说，最美不过北科年少的时光。

毕业生金鑫在2014年创作此歌曲，创作当年于校园歌手大赛上演唱并获得冠军。

2017年，学校制作了《年少的时光》MV，精选了毕业生在校期间学习和生活等各方面的视频影像素材，内容感人至深。

自2014年的北京科技大学毕业典礼开始，之后连续多年的毕业季，这首歌都会在校园深情唱响。

年少的时光

作词、作曲：金鑫

♩=64　深情缅怀地

1=E　6/8

(第一遍唱1、2)
(大反复后唱3、4)

`5·5 5 3 3 2 1 | 2 2 3 6· | 2 2 2 2 1 5 | 3· 3· |`

1. 有时候会想起年少的你，还带着青涩笑容；
2. 今年的夏天有些许不同，重复着又一场梦；
3. 校园里银杏叶子又泛黄，想起秋天的故乡；
4. 都忘了有多少日子不曾，陪在他们的身旁；

`5·5 5 3 3 2 1 | 2 2 3 6· | 2 2 2 2 1 6 | 1· 1· :|`

转眼间柳絮又带走春红，光阴总是太匆匆。
偶尔记起十八岁的相逢，转瞬要各奔西东。
有时候与父母说起家常，他们说身体无恙。
风雨和泪水宽厚了肩膀，父母却银发苍苍。

`5 5 5 5 3 5 | 6 6 6 5· | 2 2 2 2 1 2 | 3· 3· |`

那时候的我们总爱说，我的未来不是梦。
那时候的我们总会说，大学时光太过漫长。

`5 5 5 5 3 5 | 6 6 3· | 4 4 5 4 3 1 | 2· 2· |`

背起装满理想的行囊，忘记青春的阵痛。
北科大岁月温柔流淌，经不住横冲直撞。

`5 5 5 5 3 5 | 6 6 6 6 5 | 1 1 1 1 6 5 | 3· 3 3 |`

一眨眼激情被时间耗空，有时也会感到惶恐；抬
那年讲台上慈祥的师长，好像还是当初模样；多

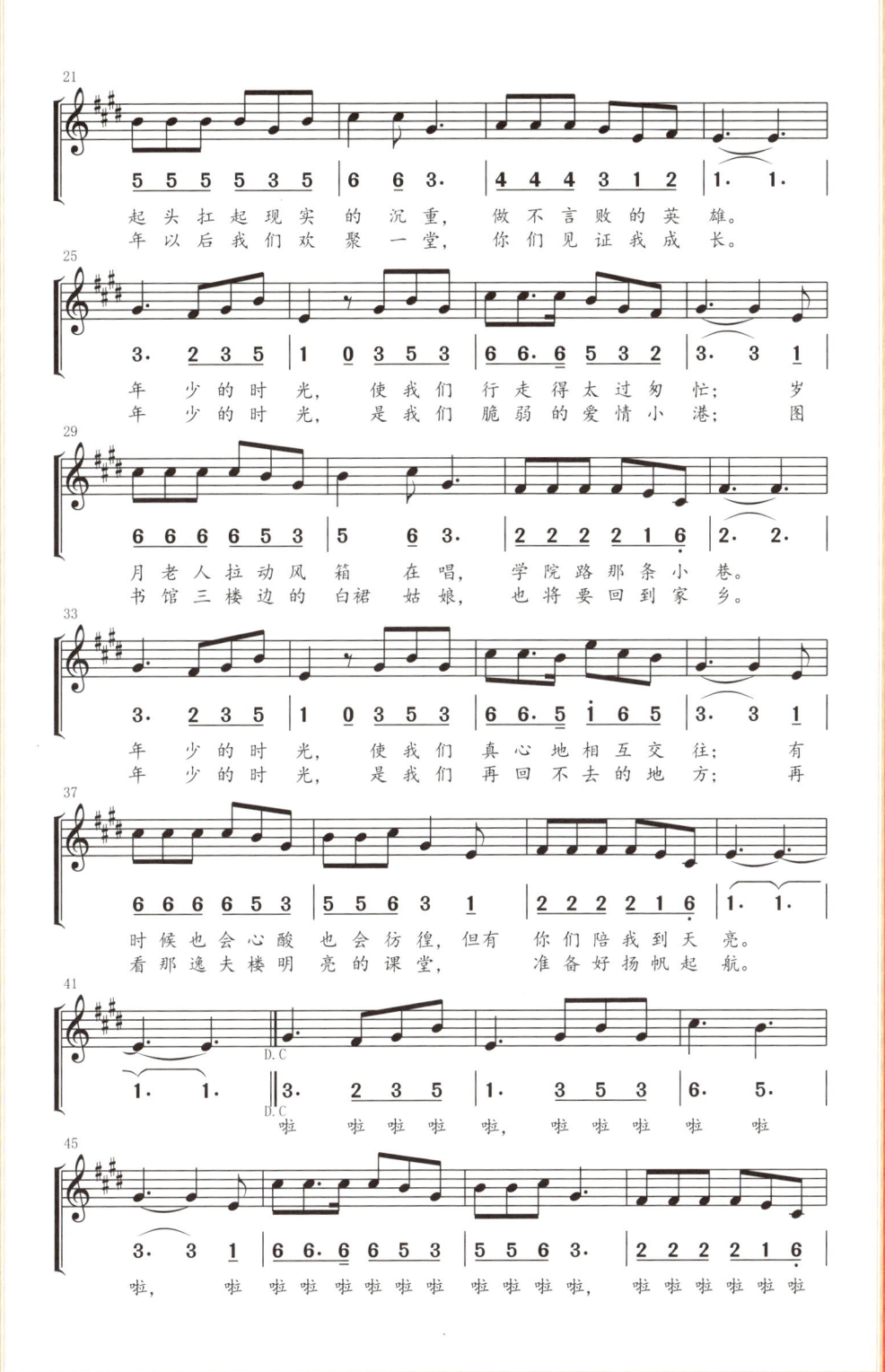

| 5 5 5 5 3 5 | 6 6 3. | 4 4 4 3 1 2 | 1. 1. |

起头扛起现实的沉重,做不言败的英雄。
年以后我们欢聚一堂,你们见证我成长。

| 3. 2 3 5 | 1 0 3 5 3 | 6 6. 6 5 3 2 | 3. 3 1 |

年少的时光,使我们行走得太过匆忙;岁
年少的时光,是我们脆弱的爱情小港;图

| 6 6 6 6 5 3 | 5 6 3. | 2 2 2 2 1 6 | 2. 2. |

月老人拉动风箱在唱,学院路那条小巷。
书馆三楼边的白裙姑娘,也将要回到家乡。

| 3. 2 3 5 | 1 0 3 5 3 | 6 6 5 1 6 5 | 3. 3 1 |

年少的时光,使我们真心地相互交往;有
年少的时光,是我们再回不去的地方;再

| 6 6 6 6 5 3 | 5 5 6 3 1 | 2 2 2 2 1 6 | 1. 1. |

时候也会心酸也会彷徨,但有你们陪我到天亮。
看那逸夫楼明亮的课堂,准备好扬帆起航。

| 1. 1. ‖ 3. 2 3 5 | 1. 3 5 3 | 6. 5 |
D.C
啦啦啦啦啦,啦啦啦啦啦

| 3. 3 1 | 6 6. 6 5 3 | 5 5 6 3. | 2 2 2 2 1 6. |

啦,啦啦啦啦啦啦啦啦啦,啦啦啦啦啦啦

啦。啦啦啦啦啦，使我们真心地相互交往，这一刻也有遗憾也有难忘，就让他们泪光里飞扬。年少的时光，使我们行走得太过匆忙；在年华里静蓝的五环广场，默默为我们守望。年少的时光，是一张不曾老去的脸庞；有一天我们会相聚老地方，再聊起当初的理想，当初的理想。

转 1=F

Fine

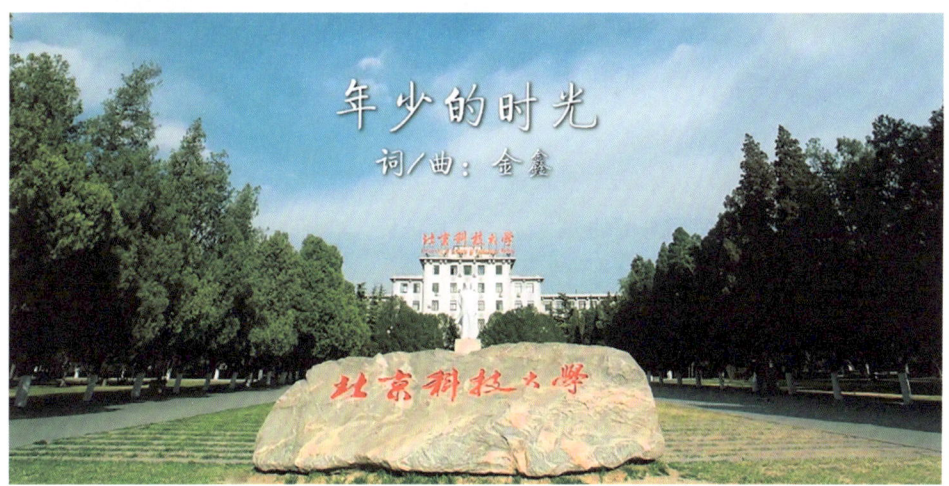

上 2015级毕业生在毕业典礼上合唱《年少的时光》
下 2017年拍摄制作的《年少的时光》MV

吾肆放歌

创作时间

2015年

创作人员

作词：沈力（金融2011级）

作曲：魏培晔（社会工作2012级）、马宸宇（信息管理与信息系统2013级）

作品简介

这首歌曲为北京科技大学"吾肆放歌"校园歌手大赛主题曲。

歌声可以传递情感，表达心中的愿想。好的歌曲拥有跨越国界的力量，语言不同，但是旋律可以让人感同身受。《吾肆放歌》在2015年校园歌手大赛筹办期间创作而成，歌词主要表达了当代青年校园生活的激情和生命力，曲风热情洋溢，极具感染力。

"吾肆放歌"校园歌手大赛是北京科技大学校园非常受欢迎的文艺活动之一，2022年举办第24届，一直广受全校师生的热切关注。"吾肆"是"五四"的谐音，每逢五四青年节，北京科技大学这片熟悉的场地便会响起熟悉的旋律，华丽炫目的灯光舞美伴随着动听的音乐而起，带来一场万众瞩目的视听盛宴。

2015年，学校第一次制作《吾肆放歌》MV，后制作了多个版本。

吾锋放歌

作词：沈力
作曲：魏培晔 马宸宇

♩=136 欢快活泼地

1=D 4/4

5 5· 1 5 5 | 5 4 3 1 | 2 2· 1 2 3 3· | 5 - - - |
1.迷　离　的　　　眼　睛，需　要　火　花　点　明；
2.沉　睡　的　　　耳　朵，需　要　一　剂　清　醒；

6 6· 1 6 6 | 6 5 #4 2 | 1 1· 7 1 3 3· | 3 - - - |
冷　漠　的　　　眼　睛，找　寻　温　暖　之　境。
轻　快　的　　　节　奏，敲　响　冬　眠　的　心。

6 6· 3 6 6 | 6 7 1 1· 2 | 3 2 2· #1 1 6 6 5 | 4 - 0 6 6 |
一　年　的　　　等　待，缩　短　黯　淡　无　光　的　黑　夜；不　怕
久　违　的　　　福　音，找　回　失　而　复　得　的　勇　气；迎　着

6 7 1 1· 1· | 1 6 7 1 1· | 7· 7 7 7 6 7 | 7 - - - :||
云　遮　挡，　　瞳　孔　早　已　　投　射　出　希　望。
风　前　行，　　我　们　已　经

【1.】

【2.】
4· 3 3 1 2 | 2 - 5 1 5 | 3 - 3 4 2 | 3 - - - |
走　到　这　里。吾　爱　吾　歌，用　心　感　应，

21
$\underline{1\ 7}\ \underline{1\ 7}\ \underline{1\ 5}\ \underline{5}\ |\ 5-5\ \underline{4\ 3}\ |\ 1-\underline{7}\ \underline{1\ 3}\ |\ \dot{5}--\underline{1\ 2}\ |$
肆无忌惮的声音。 风中奔跑，雨中欢唱， 放眼

25
$\underline{4\ 4}\ \underline{3\ 3}\ \underline{1}\ 2\ |\ 2---\ |\ \underline{\dot7}\ \underline{6\ 7}\ \underline{\dot7\ 2}\ 2\ |\ \underline{3\ 2}\ \underline{1\ 1}\ 1\ 5\ |$
星辰的 魄力。 我们从 未停止追寻， 歌声

29
$\underline{5\ 4}\ \underline{3\ 3}\ \underline{2\ 1}\ |\ 1---\ |\ \underline{6\ 5}\ \underline{6\ 5}\ \underline{6\ 3}\ \underline{3}\ 3\ |\ \underline{2\ 1}\ \underline{2\ 3}\ 3.\ |$
凝结成 泪滴。 有爱有笑有泪水， 就是一段

33
$6.\ \underline{1}\ \underline{1\ 7}\ 1\ |\ 1---\ :\|\ 1-\underline{5\ 2}\ 1\ |\ 3-\underline{3\ 4}\ 2\ |$
温暖 回忆。 吾爱吾歌， 用心感

37
$3---\ |\ \underline{1\ 7}\ \underline{1\ 7}\ \underline{1\ 5}\ \underline{5}\ |\ 5-5\ \underline{4\ 3}\ |\ 1-\underline{7}\ \underline{1\ 3}\ |$
应， 肆无忌惮的声音。 风中奔跑，雨中欢

41
$5--\underline{1\ 2}\ |\ 4\ \underline{4\ 3}\ \underline{3\ 1}\ 2\ |\ 2---\ |\ \underline{\dot7}\ \underline{6\ 7}\ \underline{\dot7\ 2}\ 2\ |$
唱， 放眼星辰的魄力。 尽情展现我

| 3 2̲ 1̲ 1̲ 1̲ 5 | 5̲ 4̲ 3̲ 3̲ 2̲ 1̲ | 1 - - - | 6̲ 5̲ 6̲ 5̲ 6̲ 3̲ 3 |
的声音，歌声从没有 输赢。 有你有我有情义，

| 3 2̲ 1̲ 2 3. | 6. 1̲ 1 7̲ | 1 - - - | 6. 1̲ 1 7̲ 1 |
才是一段温暖 回忆， 温暖 回忆，

| 1 - - - | 6. 5̲ 5 6̲ 1̇ | 1̇ - - - | 1̇ 0 0 0 ‖
温暖 回忆！

上　2021年"吾肆放歌"校园歌手大赛现场
下　2019年学校纪念五四运动100周年主题歌会

2019年学校纪念五四运动100周年主题歌会

银杏叶片

创作时间

2006年

创作人员

作词：左唳鹤（法学2002级）

作曲：徐昕（环境2002级）

作品简介

那一条美丽的银杏路是校园生活的标志，每一年都变换着不同的色彩，记录着校园中的点点滴滴。我们是否能够回想起浪漫的银杏叶片、美丽依旧的银杏书签和银杏树下那些我们深深眷恋的人？歌曲将回忆具象化，唤醒了欢乐的时光和不舍的情感，歌词表达浓厚的感情，歌曲萦绕着丰富的言语，歌颂着充满活力的校园生活。

2006年6月，"花样年华"北京科技大学2006年毕业生文艺晚会中，2002级艺术特长生们集体亮相，他们将一首原创歌曲《银杏叶片》献给全校师生，这是这首歌曲的第一次公开演唱。作为毕业前最后一次演出，他们以这种特殊的方式，把校园四年的故事和不舍的时光回忆缓缓道来。

四年青春流淌在北京科技大学的校园里，同学们用欢笑、伤感、喜悦、忧愁构建了这花样年华。在毕业之际，这样一首诉说情感、表达不舍的歌曲，不仅让毕业生们重温四年美好的生活，更预示着毕业生一帆风顺、前程似锦的美好明天。

银杏叶片

——献给北京科技大学2006届毕业生

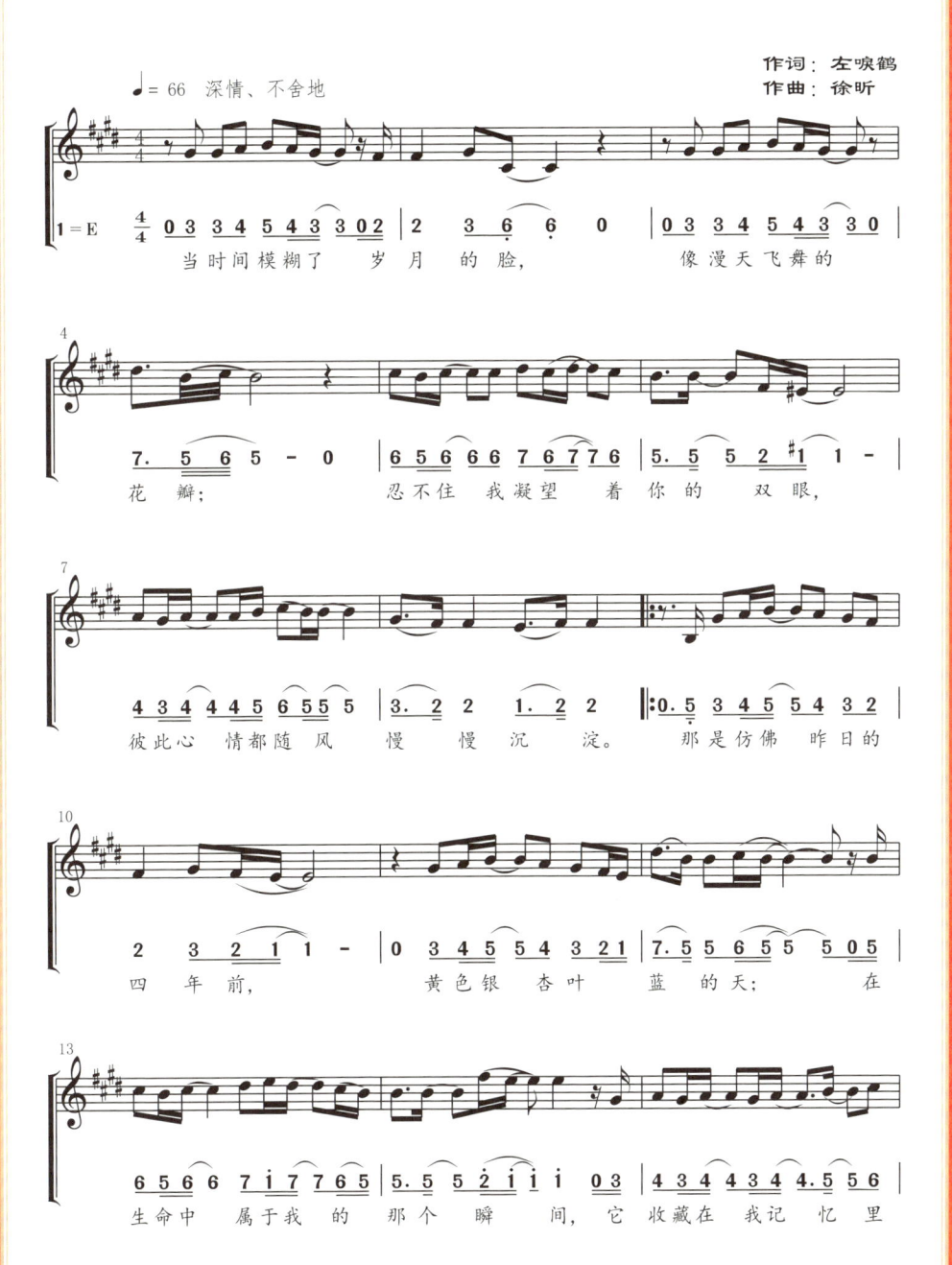

作词：左唤鹤
作曲：徐昕

♩= 66 深情、不舍地

1=E 4/4 0 3 3 4 5 4 3 3 0 2 | 2 3 6 6 0 | 0 3 3 4 5 4 3 3 0 |
当时间模糊了 岁月的脸， 像漫天飞舞的

7. 5 6 5 - 0 | 6 5 6 6 6 7 6 7 7 6 | 5. 5 5 2 #1 1 - |
花瓣； 忍不住我凝望 着你的 双眼，

4 3 4 4 4 5 6 5 5 5 | 3. 2 2 1. 2 2 | ‖: 0. 5 3 4 5 5 4 3 2 |
彼此心 情都随风 慢 慢沉 淀。 那是仿佛 昨日的

2 3 2 1 1 - | 0 3 4 5 5 4 3 2 1 | 7. 5 5 6 5 5 5 0 5 |
四 年前， 黄色银杏叶 蓝的天； 在

6 5 6 6 7 1 7 7 6 5 | 5. 5 5 2 1 1 1 0 3 | 4 3 4 4 3 4 4. 5 5 6
生命中 属于我的 那个瞬 间，它收藏在 我记忆里

（注：此处第二遍反复时⊕内跳过）

| 5 - 5 2 2 3. | 2 3 2 1 - - | 0 0 0 0 0 5 |

面， 魂 系 梦 牵。 在

| 5 3 3 2 3 3 2 2 1 | 7 6 6 5 5. 0 3 | 6 3 3 6 1 1 6 5 3 5 |

将 要 说 再 见 的 这 一 天， 有 多少 爱 汇 成 心 中 誓言。

| 5 - - 0 7 | 7 1 1 1 2 1 2 3 | 2 1 2 6 5 5. 6 1 |

离 别 的 泪 会将 所有 收获 填满， 再相

| 3 2 2 2 1 2 1 5. | 5 - - 0 5 | 5 3 3 2 3 3. 2 1 |

见 的 路 不会 太 遥 远。 把 思 念 的 歌 刻 在

| 7 5 6 6 5 5 5 0 3 | 6 3 3 6 1 1 6 5 3 5 | 5 - - 0 0 3 |

银 杏 叶 片， 有 多少 梦 还在 心 中 徘徊。 年

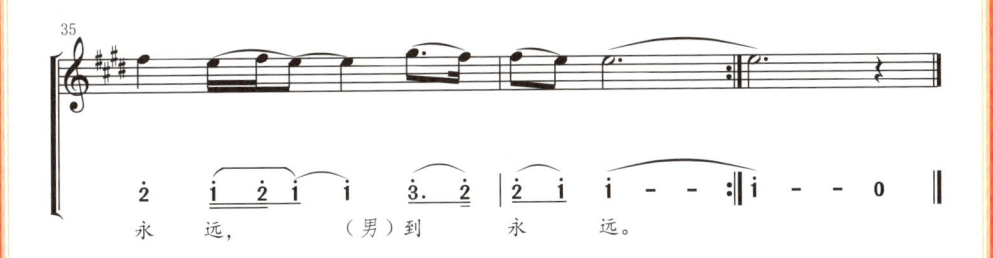

| #5 5 5 5 7 7 6 6 7 2 | 2̇ 1̇ 1̇ 7 7 2 2̇ 3̇ 2̇ 1̇ 6 7 |
轻 的 心 一 起 奔 向 蓝 色 地 平 线， 我 虔

| 1̇ 5 5 5. 1̇ 1̇ 5 5 5 2̇ 2̇ | 2̇ - - 2̇ 3̇. |
诚 的 爱 陪 伴 在 你 身 边， （女）直 到

| 2̇ 1̇ 2̇ 1̇ 1̇ 3̇. 2̇ | 2̇ 1̇ 1̇ - - :|| 1̇ - - 0 ||
永 远， （男）到 永 远。

2006年毕业生演唱《银杏叶片》

银杏路

创作时间
2019年

创作人员
作词：毕云龙（矿机硕1986级）
作曲：彭原（机械1985级）

作品简介

整体节奏较舒缓，在平缓悠扬的曲调中抒发情感，将听众带入创作者岁月长河里，真挚而深情。歌曲经由学校学生组合"学院路30号"演绎，在"青春不打烊——原创音乐征集"活动中获得第一名，"学院路30号"组合也凭借此曲在"青春中国"歌唱展示中获全国亚军及"最阳刚青春歌手奖"。在共青团中央举办的"青春不毕业"2020高校"云"毕业网络直播、北京科技大学2021年毕业典礼等诸多活动中演唱。

在北京科技大学，最美的景观莫过于那排满一棵棵银杏树的"银杏大道"。对每一位师生、校友来说，这条路凝聚了太多的回忆：有人因灯光绚丽驻足，有人为银杏之美写诗，也有人在银杏树下相聚，在这充满诗意与浪漫的银杏路，诉说当年的故事。吟唱着《银杏路》，一幅幅鲜活的画面浮现在眼前：有碎锦铺地、黄蝶满树的银杏路，也有追逐青春、品读年华的北科学子，更有缀满金黄的心照不宣。

2019年，学校制作了《银杏路》管乐版，并由武迪、王毅达与校管乐团合作，在中山音乐堂首演；同年，学校制作了真人版《银杏路》MV，后于2020年制作了沙画版MV。

2020年，彭原、毕云龙将歌曲版权捐赠给学校。

银杏路

原唱：学院路30号组合
（郑立夫 武迪 王毅达 张俊豪）

作词：毕云龙
作曲：彭原

♩= 70 深情地

1=C 4/4

`0 3 3 4 5 5 4 3 2 | 2 1 1 1 0 0 | 0 6 6 1 4 4 3 2 1 | 5 0 0 0`
1.深秋梦幻 的季节蓝天舒， 鸟儿呢喃 清静之 处。
2.微风轻摇 飘落叶金扇舞， 沙沙声响 弹动音 符。

`0 3 3 4 5 5 4 3 2 | 4 5 4 3 3 3 0 | 0 6 6 1 4 4 3 2 1 | 1 1 1 0 0 0 0 2`
这有一条 幽静的银杏小路， 碎锦铺地 黄蝶满树。 我
夜晚灯光 缀珍珠繁星嵌入， 晶莹剔透 如诗如图。 我

`4 4 3 4 4 6 6 0 | 6 5 5 3 5 5 0 | 6 6 6 6.5 6 1 i 0 | 7 i 7 7 3 5 0`
弹一把吉 他， 将心声倾诉； 坐长椅 翻本书， 把年华品读。
牵着你的 手， 在这里漫步； 感受温 馨时光， 亲吻着幸福。

`i 6 4 3 5 5 4 4 4 0 | 3 3 6 7 i i 0 | 6 6 6 6 5 6 i i 0 | i 6 7 7 i 2.0 i 2`
青春我们追 逐， 岁月不虚度； 写一篇 人生的赋， 梦想的 最初。捡起
走向希望未 来， 憧憬着前途； 像阳光 透过树丛， 洒满了 光柱。

`3 2 3 3 2 3 2 i | i - 0 i 3 | 4 i i i i i 6 6 7 | 5 - 0 i 2`
一片树 叶带泥土， 夹在 日记之 中让回忆驻 足； 纯真

21
$\underline{3\ 2}\ \underline{3\ 3}\ \underline{3\ 2}\ \underline{3}\ \underline{2}\ \dot{1}\ |\ \dot{1}\ -\ 0\ \underline{\dot{1}\ 3}\ |\ \underline{4\ \dot{1}}\widehat{\dot{1}\ \dot{1}}\ \underline{\dot{1}\ \dot{1}}\ \underline{6\ 7}\ \dot{1}\ |\ \dot{2}\ -\ 0\ \underline{\dot{1}\ 7}\ |$

笑容展 露情 留住， 拍一 张开心 照让年少凝 固。 银杏

25 （结束句时渐慢）

$\dot{1}\ -\ 0\ \|\ \underline{\dot{1}\ 7}\ |\ \dot{1}\ -\ 0\ \underline{\dot{1}\ 7}\ |\ \dot{1}\ -\ \dot{3}\ \underline{\dot{1}\ \dot{1}}\ |\ \dot{1}\ -\ 0\ 0\ \|$

树， D.S. 遮天 幕， 银杏 路，美如故。 Fine.

上　2019年制作的真人版《银杏路》MV
下　郑立夫、武迪、王毅达、张俊豪在2019年"青春中国"歌唱展示全国总决赛演唱《银杏路》并获全国亚军

上　2020年制作的沙画版《银杏路》MV
下　银杏大道夜景

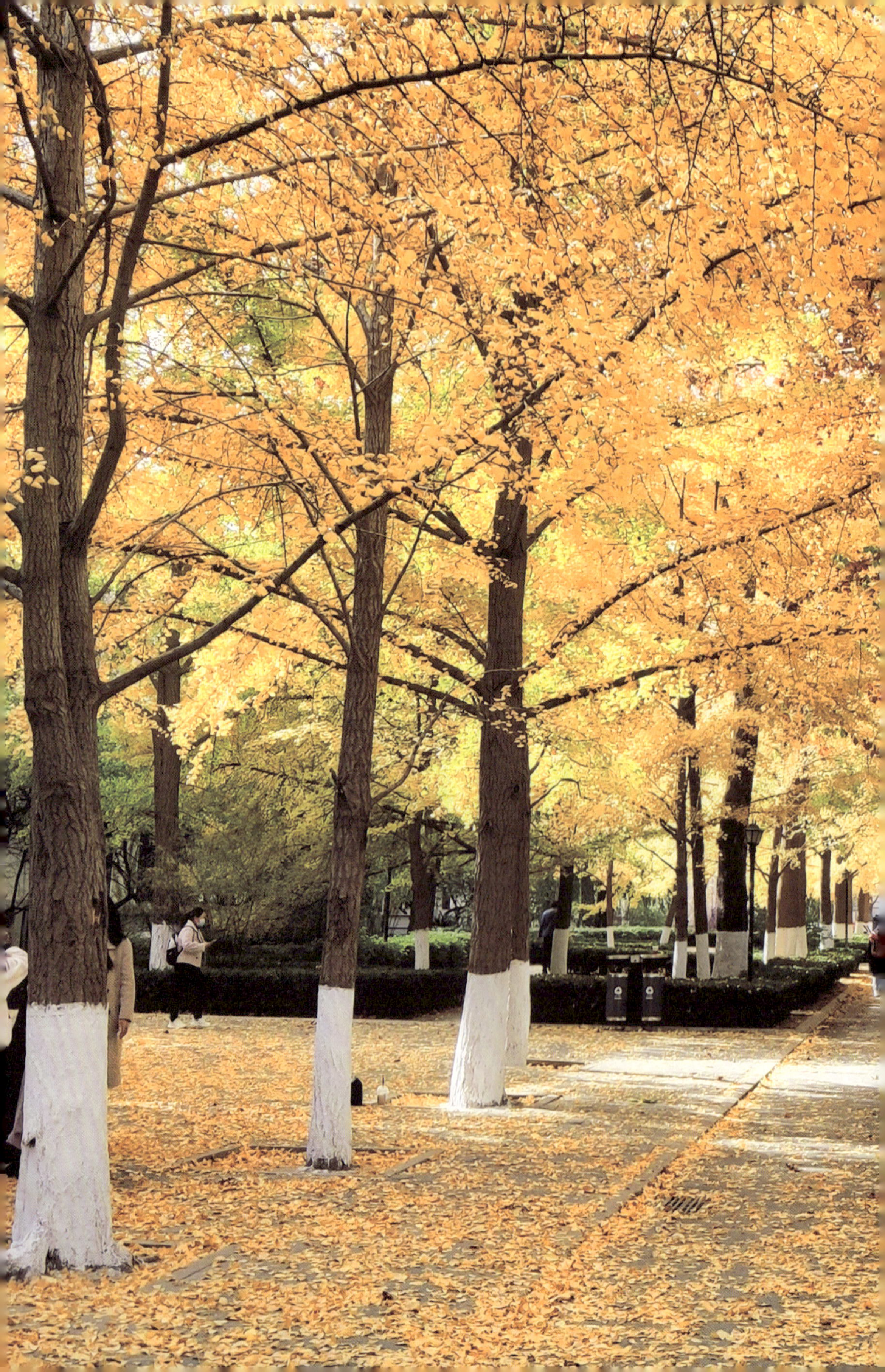

北京科技大学银杏路实景

中华崛起

21世纪是中华民族伟大复兴的世纪，中国共产党带领广大人民接续奋斗，特别是党的十八大以来，在以习近平同志为核心的党中央坚强领导下，实现中华民族伟大复兴进入了不可逆转的历史进程。在"四个伟大"推进过程中，中国共产党始终坚持为人民谋幸福、为民族谋复兴、为世界谋大同，中国人民也始终以昂扬的劲头不骄不躁，矢志奋斗。

《相信人类自己》《挺住武汉　中国加油》《十九大有嘻哈》《我们在一起》《世界同心》《人民就是江山》记录了北京科技大学始终与国家同呼吸、共命运，在党的领导下不懈奋斗、斗志昂扬、认真学习、上下一心，在"非典"、新冠肺炎疫情中坚定信念、积极抗疫，在脱贫攻坚中下沉一线、积极奉献，坚持在时代的浪潮中，发挥学校师生的作用，助力党和国家的事业。

相信人类自己

创作时间
2003年

创作人员
作词：陈世禄（时任党委副书记）
作曲：左唳鹤（法学2002级）

作品简介
歌曲为抗击"非典"而作，由郑安阳和刘少蓉演唱。

2003年4月，北京发生了极为严重的"非典"疫情，在这样的背景下，北京科技大学在校师生共同创作了《相信人类自己》，为北京加油打气。这首歌曲用振奋的声音激励、引导学校师生正确应对、凝聚人心、保持稳定，坚定了全校师生和全国人民战胜疫情的决心与信心。

那时广播站每天播放这首歌，全校师生几乎都会唱，它激励着北京科技大学师生众志成城，决战"非典"！

相信人类自己

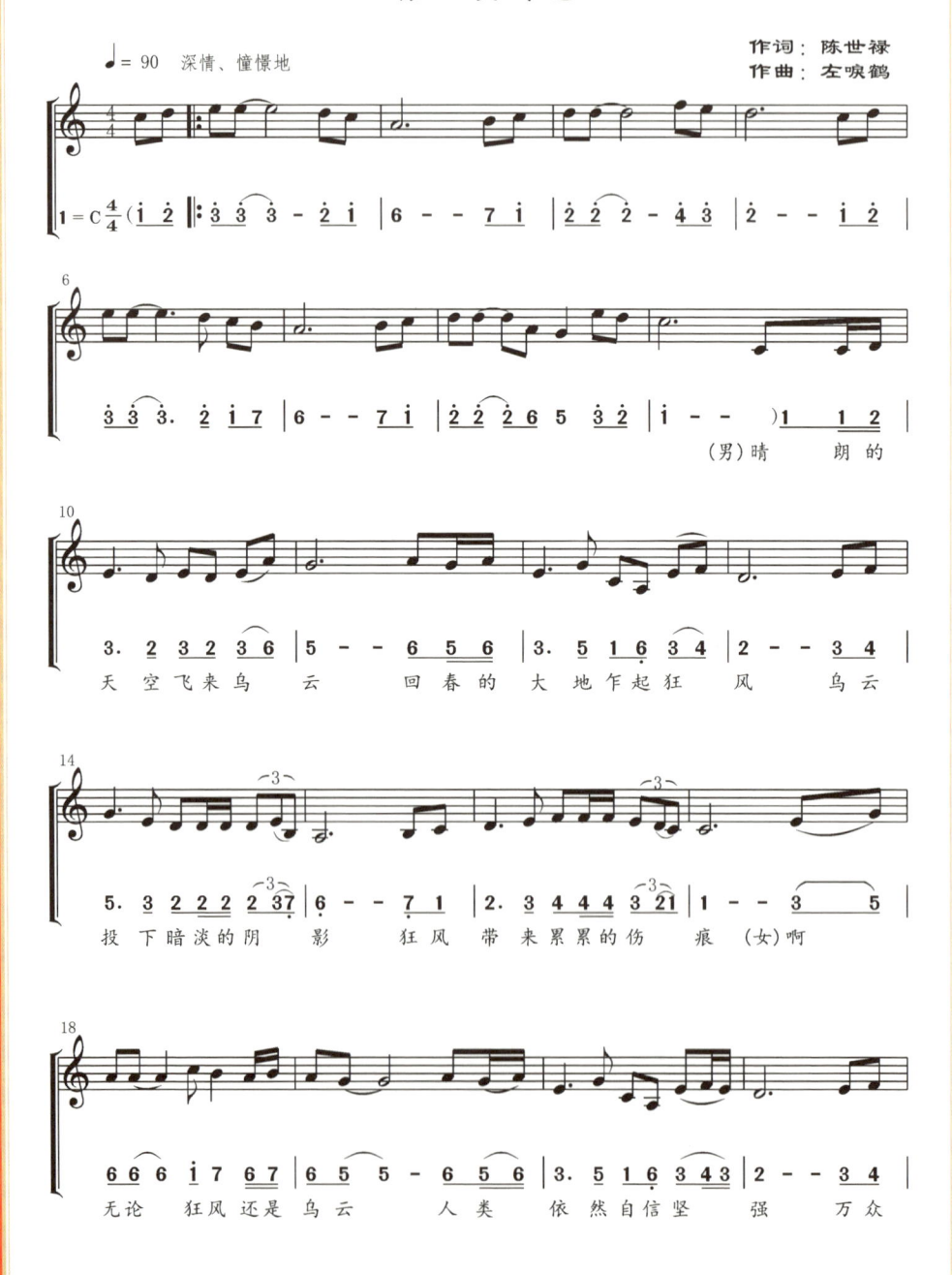

作词：陈世禄
作曲：左唤鹤

♩ = 90 深情、憧憬地

1 = C 4/4 (1 2 ‖: 3̇ 3̇ 3̇ - 2̇ 1̇ | 6 - - 7 1̇ | 2̇ 2̇ 2̇ - 4̇ 3̇ | 2̇ - - 1̇ 2̇ |

3̇ 3̇ 3̇. 2̇ 1̇ 7 | 6 - - 7 1̇ | 2̇ 2̇ 2̇ 6 5 3̇ 2̇ | 1̇ - -) 1 1 2 |
　　　　　　　　　　　　　　　　　　　　　　　　　　　　（男）晴　朗　的

3. 2 3 2 3 6 | 5 - - 6 5 6 | 3. 5 1 6̣ 3 4 | 2 - - 3 4 |
天　空 飞 来 乌 云　　回 春 的 大 地 乍 起 狂 风　乌 云

5. 3 2 2 2 2 3̂7 | 6 - - 7 1 | 2. 3 4 4 4 3 2̂1 | 1 - - 3 5 |
投　下 暗 淡 的 阴　影　　狂 风 带 来 累 累 的 伤　痕 （女）啊

6 6 6 1̇ 7 6̂ 7 | 6 5 5 - 6 5 6 | 3. 5 1 6̣ 3 4̂3 | 2 - - 3 4 |
无　论 狂 风 还 是 乌 云　人 类　依 然 自 信 坚　强　万 众

22

`5. 3 2 2 2 3 7 | 6 - - 2 3 | 2. 6 1 2 3 6 | 5 - - 1 2 |`
一心捍卫健　康，赢得胜利走向辉　煌。(合)相信

26

`3 3 3. 3 3 2 1 | 2 2 1 6. 5 5 | 6 6 6 7 1 1 1 6 1 | 2 - - 1 2 |`
人类　自己的 智慧聪颖(火)驱散 乌云交还天空万里晴　朗；相信

`0 0 0 0 | 0 0 0. 7 1 | 2 2 2 3 4 4 3 2 1 | 2 - - 1 2 |`
　　　　　　　(鼎)驱散 乌云交还天空万里晴　朗；相信

30

`3 3 3. 2 3 1 | 2 2 1 6. 5 5 | 6 6 7 1 2 2 2 2 1 2 | 1 - - 1 2 :|`
人类　自己的 决心力量，战胜 狂风再现大地明媚春　光。

34

`6 6 7 1 2 2 2 | 2 - - 2 1 2 | 1 - - - | 1 0 0 0 ‖`
狂风再现大地　　　明媚春　光！

`6 6 0 0  0 3 4 | 5 5 5 - 5 4 3 | 3 - - - | 3 0 0 0 ‖`
狂风　　　再现大地　明媚春　光！

挺住武汉 中国加油

创作时间

2020年

创作人员

作词、作曲：王敏达（机械2016级）

作品简介

2020年新春伊始，新冠肺炎疫情突袭华夏大地。

面对疫情，14亿中国人民团结一心，怀着责任，勇于担当，与疫情展开生死搏斗，守望相助，共克时艰！疫情之下，北科学子将对音乐的热爱转化为鼓舞人心的动力，用铿锵有力的歌声，一字一句地告诉我们"万物可期"。通过音乐向身处料峭春寒的武汉人民传递力量，向奋战在疫情防控一线的医护人员表达敬佩之情。

北京科技大学学子以说唱作品为武汉加油、为中国鼓劲儿，喊出了"挺住武汉！中国加油！"。

2020年，学校制作了《挺住武汉 中国加油》MV。

歌曲在北京教工委举办的2020年"使命在肩 奋斗有我"学生原创歌曲大赛中荣获"正青春组优秀作品奖"。

挺住武汉　中国加油

作词、作曲：王敏达

团结一心一起来给中国加油
在街上自觉戴上口罩来给中国加油
当全球爱心人士捐款来给中国加油
　说　中国加油
　说　中国加油

挺住武汉　中国加油
有14亿同胞都站在你身后
挺住武汉　中国加油
巨龙腾飞的步伐　不会再因此而停留
曾经以为　这样的场景　只来自于幻想
哪有这么严重　觉得只是孩子去乱讲
我换上　安全的伪装　攀援着围墙
才发现自己面对的是　没有硝烟的战场
这荆楚大地　不要怕　你要霸气地爬起看云烟汇聚
唯楚有才都能够经天纬地
明天的朝阳　又是一条新鲜轨迹
疫瘴不可怕　就让病魔在明天睡去
上网上看到负面的正面的消息
烦乱又给你无限的畅想
地图上发病人数逐渐地暴涨
乐观地对待　才是不变的药方
我也开始慌　不是装　是一日三惊　惶惶不可终日
总是怕　一直担心　发展到相当度的层次
镜头里常常录着

新闻里一直在重复地　播放着 疫情蔓延到城市
出门　要躲开它　公共场合风险大
待了一段时间　最爱的还是家
把角色转换　慢慢看淡啦
过年少串串　亲情也不会暗淡哒
你发　他也发　谣言让人眼花
传递负能量　只用键盘哒哒哒
Life is like a drama 生活很美好
网上理性点　吃瓜
团结一心一起来给中国加油
在街上自觉戴上口罩来给中国加油
当全球爱心人士捐款来给中国加油
说　中国加油
说　中国加油
挺住武汉　中国加油
有14亿同胞都站在你身后
挺住武汉　中国加油
巨龙腾飞的步伐　不会再因此而停留
When air of fearness starts making me week
What breeds me is the land underneath
Just Keep disease from these
People those who`ve fund their sheath of blade and bravery indeed
We are wanting the sec running like flash
I don`t want to regret and Bump into past
The fact shows that
The darkest night will end up with a light
Chinese is not that easy to beat

Not to mention disease or catastrophes
We never know how to bow down to enemy
Using our deeds showing we are no sheep
We are Dragon alright then
Going on and on until Reaching horizon
We keeping around and seeking the chance
Even in the trap Look forward to down
乡村的云烟　城市的灯火
今天或明天　又在　孤独中冷漠
不会辜负大家　一直有无数人等我
一直坚信　我们的承诺
每一次困难降临　祖国的英雄们巍然屹立
万众一心　就　留在记忆
最后 Shout to 快速做出反应　发布公告　第一时间关注
每一个学生安危的 USTB
这里　到哪里
从画里　华丽的巴黎　从沙粒　到　早茶里
让你找差异　都有了一滴　小压力
不看你 party 不 party 把你捂家里
没了健康　少的　不止小 money mua
把这经历放进我的韶华里
我们的爆发力　就好像
加加加加加加加　加油
挺住武汉　中国加油
有14亿同胞都站在你身后
挺住武汉　中国加油
巨龙腾飞的步伐　不会再因此而停留

2020年制作的《挺住武汉 中国加油》MV

092

十九大有嘻哈

创作时间

2017年

创作人员

作词、作曲：吕航（会计2013级）

作品简介

歌曲以嘻哈说唱形式呈现，抒发了北京科技大学青年对党的十九大精神的热切关注。该作品被人民网、央广网等媒体平台转载，获2017年中国网络视听大会全国政企优秀原创视频"十佳作品奖"。

"物质文化和社会生产那可不能再填，矛盾在美好生活与不平衡的发展之间。"歌词清新畅快，歌手们在欢悦的节奏中把会议成果轻松巧妙地表达出来。习近平总书记的谆谆嘱托出现在屏幕上，语重心长，对新时代中国青年提出了殷切希望，激励当代中国青年树立远大理想，坚定意志和信念，为实现中华民族伟大复兴中国梦而展现出应有的青年担当。

嘻哈是当下年轻人中比较流行的表演形式。北科学子以说唱的方式，把大学生对于党的十九大的理解传递给更多人，将党的精神传播得更深、更远、更广。这些悦动的音符传递的是对祖国富强、世界同心的希望与憧憬，展现了北科学子的积极向上、求真求美的精神风貌。他们心怀理想，勤奋学习，勇攀高峰，立志成为堪当复兴大任的新时代青年。

十九大有嘻哈

作词、作曲：吕航

每当我听到母校的摇篮颂歌
都能想到1952建校的风雨变革
求实鼎新流淌在满井的文化长河
背后依靠着我爱的党和祖国
说到党和祖国最近网上十分火热
党员们纷纷把党徽别在了胸前左侧
刷开微博朋友圈也是满满一片红色
因为党的十九大　我们举国同乐
谁说说唱歌手从不关心国家大事
放下麦克风我也是祖国的忠诚卫士
十八号的早晨不抱被子抱紧电视
接下来我要说的　让你长长见识
习大大的面容和蔼可亲仍旧慈祥
庄重严谨传达着党中央的思想
三个多小时的报告展现了领导人的形象
好逸恶劳的年轻人这才是你的榜样
中国特色社会主义进入了新的时代
明白了不忘初心牢记使命永不懈怠
夺取伟大胜利承前启后继往开来
现代化小康社会传递的仍是和平与爱
大家团结奋斗创造美好的生活状态
努力发展自己日益走进世界的舞台
中华民族伟大复兴不再被时代淘汰
五千年华夏文明同是龙的血脉

我国社会主要矛盾需要画画重点
物质文化和社会生产那可不能再填
矛盾在美好生活与不平衡的发展之间
下次的政治考题可别错太明显
新时代的中国特色社会主义思想
八个明确作为行动指南在人民心中滋养
总体任务主要矛盾还有总体布局
深化改革依法治国还有强军目的
三个必须四个伟大五个更加自觉
六大任务"五位一体"四个全面战略
发展成为现代化强国希望十分迫切
新时代的社会主义中国梦不能破灭
两个阶段踏入社会主义强国之路
第一个十五实现现代化以小康社会为基础
2035再奋斗十五年需要更加辛苦
最终实现文明和谐美丽富强民主
党的大会画完重点我再敲敲黑板
国家大事作为国民需要瞧瞧看看
祖国发展不是麻烦不是条条坎坎
你身在这片土地　国事就与你有关
青年强则国强这句话你肯定没忘
天下兴亡匹夫有责你也记在心上
新时代的青年应该有更多的担当
母校给你知识　就要你为国为钢

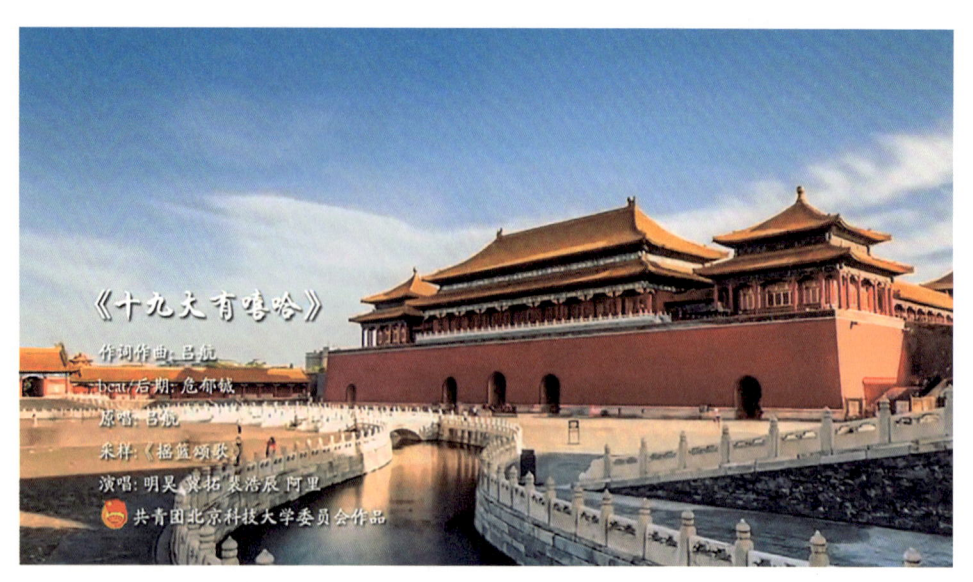

上　2018年制作的《十九大有嘻哈》MV
下　2018年北京科技大学学生演唱《十九大有嘻哈》

我们在一起

创作时间

2020 年

创作人员

作词：苏栋（时任团委书记）、于成文（时任党委宣传部常务副部长、教师工作部部长）

作曲：王鹂（时任团委副书记）、沈力（金融2011级）

作品简介

歌曲以2020年初新冠肺炎疫情在武汉爆发，牵动着全国人民的心为创作背景，表达了全校师生战胜疫情的坚定决心。歌曲在寒假期间创作，全部在家中线上录制，春节期间即推出。

歌曲在第二段开始便饱含希望地唱道："十七年前的春天，铭心刻骨的回忆；相信人类自己，我们众志成城，终获胜利。"歌词中的"相信人类自己"，向人们传达了强大的信心，当年面对"非典"我们万众一心，如今面对新冠肺炎疫情，我们也终将取得胜利！

2003年"非典"时被人们守护的"90后""00后"已经长大，开始走上岗位守护更多的人。在新闻中我们看到医学生换上白大褂，学着前辈的样子与死神斗争。北京科技大学同样也有这样一群人，青年师生组成的青年突击队在首都机场穿上了厚重的防护服，为来来往往的旅客提供保障。

面对新冠肺炎疫情，北科师生在学校党委统一领导下第一时间展开工作，共同抗击疫情。正如歌中所唱："坚持梦想，坚持定力，筑起战胜病魔的铁壁。勇往直前，同舟共济，阳光终将光耀大地。"

2020年，学校制作了《我们在一起》MV。

我们在一起
——献给一同战"疫"的我们

作词：苏栋 于成文
作曲：王鹏 沈力

♩ = 66 深情、积极地

1 = C 4/4

3 5 5 5 5 5 6 4 0 | 3 5 5 5 1 3 2 0 | 3 5 5 5 5 5 1̇ 6 0 |
乌云遮蔽了阳光， 阴霾笼罩了大地； 街巷陷入了沉寂，

4 3 4 4 4 4 0 6.6 6 7 | 5 — — 3 5 | 5 5 5 6 4 0 |
我们惊慌失措， 不敢呼 吸。 十七年前的春天，

3 5 5 5 1 3 2 0 | 3 5 5 5 1̇ 6 0 | 4 3 4 4 4 4 0 6.6 7 1̇ | 2̇ — — |
铭心刻骨的回忆； 相信人类 自己， 我们众志成城， 终获胜 利。

1̇.7 1̇ 5 1̇.7 1̇ 6 | 4 3 4 4 4 6 6 7.1̇ 5 | 1̇.7 1̇ 5 1̇.7 1̇ 6 |
1.不要惊慌，不要逃避， 鼓起战胜病魔的勇 气； 不离不弃，彼此珍惜，
2.坚持梦想，坚持定力， 筑起战胜病魔的铁 壁； 勇往直前，同舟共济，

4 3 4 3 4 6.7 1̇ 2̇ | 3̇.1̇ 1 3 3 5.5 6 7 | 2̇.1̇ 7 1̇ 7.6 6 4 3 |
我们都是姐妹兄 弟。 爱让我们团结， 哦， 爱让我们奋起；爱让
阳光终将光耀大 地。

4 3 4 i̲ 6̲ 7̲ i̲ 0 i̲ 7̲ | 6̲ 7̲ i̲ i̲ 2̲ 2̇ i̲ 7̲ i̲ | i - - - :‖
我们 学 会 成 长， 爱 让 我们 创 造 奇 迹 创 造 奇 迹！

i - - 0 5̲ 5̲ | 4̇ 3̇ - i̲ 7̲ | i - - - ‖
迹！ 我们 永 远 在 一 起！

上　2020年制作的《我们在一起》MV
下　2020年北京科技大学青年突击队奔赴新国展入境旅客转运集散地进行服务保障工作

世界同心

创作时间

2020年

创作人员

作词：毕云龙（矿机硕1986级）

作曲：彭原（机械1985级）

作品简介

2020年4月，阿力夫等52名北京科技大学巴基斯坦留学生正式向学校提交《致习近平主席的信》，深情回顾了在中国学习先进知识、领略博大文化、见证变化发展的感受，介绍了新冠肺炎疫情发生以来学校对他们在防疫抗疫和专业学习等方面的关心与帮助，汇报了他们在抗击疫情期间为中国、为武汉加油鼓劲的行动。5月17日，学校收到了习近平总书记的回信，歌曲以全校师生深入学习贯彻总书记的回信精神为创作背景。在新冠肺炎疫情发生后，中国政府和学校始终关心在华外国留学生生命安全和身体健康，为大家提供了全方位的帮助。这次回信不仅是习近平总书记对北京科技大学全体巴基斯坦留学生的亲切关怀和慰问，更是对广大来华留学生、青年学子的极大鼓舞和激励。歌曲被评为中国教育电视台2020全国校园优秀原创歌曲，多次受邀在中国教育电视台《青春的旋律》《青春有歌》《冰雪之歌》等栏目中演唱、播出，并在学校学生表彰大会、冬奥工作会等各类活动中播放。

"同一个家园，同一个使命。"虽然大家来自不同的国家和地域，可我们共同砥砺磨难，国界和语言也无法成为阻隔我们友谊的高墙。

2020年8月19日，彭原、毕云龙校友将歌曲版权捐赠给学校。

2020年9月7日，歌曲在QQ音乐平台正式上线。

歌曲MV有两个版本：2020年回信版，2021年冬奥版。

世界同心

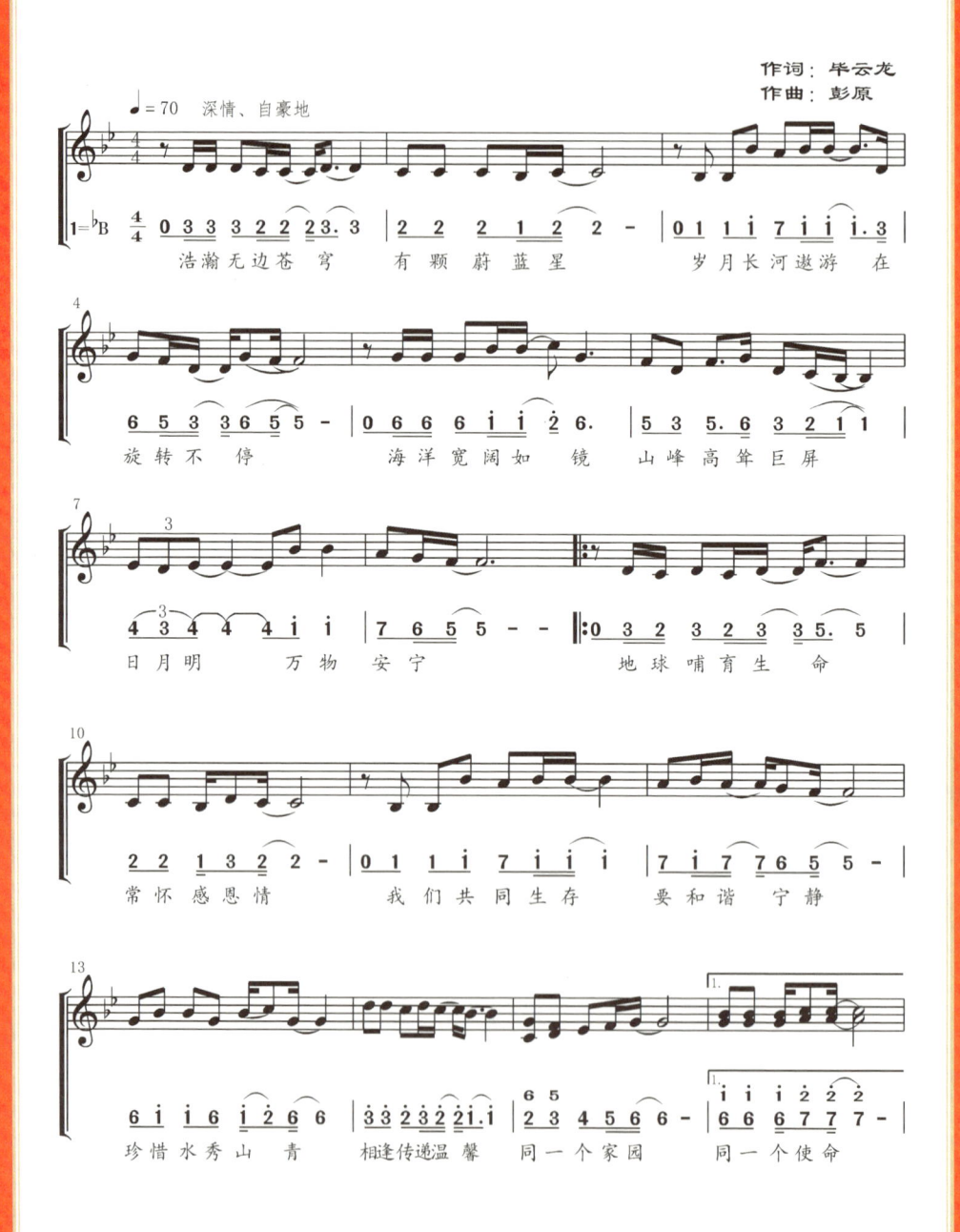

作词：毕云龙
作曲：彭原

♩=70 深情、自豪地

1=♭B 4/4

0 3 3 3 2 2 2 3. 3 | 2 2 2 1 2 2 — | 0 1 1 i 7 i i i. 3 |
浩瀚无边苍穹　有颗蔚蓝星　　岁月长河遨游 在

6 5 3 3 6 5 5 — | 0 6 6 6 1 1 2 6. | 5 3 5. 6 3 2 1 1 |
旋转不　停　　海洋宽阔如　镜　山峰高耸巨屏

4 3 4 4 i i | 7 6 5 5 — — ‖: 0 3 2 3 2 3 3 5. 5 |
日月明　万物 安宁　　　　地球哺育生　命

2 2 1 3 2 2 — | 0 1 1 i 7 i i i | 7 i 7 7 6 5 5 — |
常怀感恩情　　我们共同生存　要和谐 宁静

6 1 1 6 i 2 6 6 | 3 3 2 3 2 2 1. 1 | 6 5 2 3 4 5 6 6 — | 1. i i i 2 2 2 |
珍惜水秀山 青　相逢传递温　馨　同一个家园　　同一个使命

6 6 6 7 7 7 —

17
风雨后 彩霞迎天 晴，看气象更新； 远 离了纷争， 温暖融化寒冰。
22
憧憬着明 天， 四海携手前 行， 五 洲大家 庭 我 们 心 在 一起。
27
One world one fam- i- ly, We all stand to- ge- ther.
31
(女高)
同一个使命。让我们 我们在一起， 唤醒心灵共鸣。
(女低)
同一个使命。让我们 我们在一起， 唤醒心灵共鸣。
(男)
同一个使命。让我们 心 怀 着 真 诚， 期盼着和平。

36

| 0 0 0 0 | 0 0 0 0 | 6656 6̇44 4 | 5.6 5.4 | 4 3 3 - - |
善良的人 性， 我们代代坚信。

| 0 0 0 0 | 0 0 0 0 | 4̇3̇4̇ 4̇66̇ 5̇ | 5.3 2.1 | 2̇ 1 1 - - |
善良的人 性， 我们代代坚信。

| 3 3̇2̇3̇ 3̇5 5. | #5̇3̇2̇ 7̇2̇1̇. | 0 0 0 0 5̇ | 5.3 2.1 | 2̇ 1 1 - - |
历史的前 进， 铸就灿烂文明。 我们代代坚信。

41

| 0 7̇7̇7̇3̇ 2̇ 2̇7̇ | 1̇ 1̇3̇7̇ 1̇1̇1̇ | 0 7̇7̇7̇1̇ 2̇ 2̇.3̇ | 2̇1̇ 1̇ 0 0 |
倾注 热情，唱出 我们爱的声音， 聆听世界 的 回应。

| 0 7̇7̇7̇3̇ 2̇ 2̇7̇ | 1̇ 1̇3̇7̇ 1̇1̇1̇ | 0 3̇3̇3̇3̇ 5̇ 5̇.5̇ | 6̇6̇ 6̇ 0 0 |
倾注 热情，唱出 我们爱的声音， 聆听世界 的 回应。

| 0 7̇7̇7̇3̇ 2̇2̇7̇ | 1̇ 1̇3̇7̇ 1̇1̇1̇ | 0 7̇7̇7̇3̇ 2̇ 2̇.3̇ | 2̇1̇ 1̇ 0 0 |
倾注 热情，唱出 我们爱的声音， 聆听世界 的 回应。

(女) 0 i i i 6 i 7 7 7 | 0 5 5 5 3 i 7 i i | 0 6 i i 6 i . 2 | 2 - - - |
奏出 优美旋律， 敲响 祈祷钟声， 期待 万象升平。

(男) 0 1 1 1 6 1 2 2 2 | 0 5 5 5 3 3 2 1 1 | 0 6 1 1 6 1 . 5 | 5 - - - |
奏出 优美旋律， 敲响 祈祷钟声， 期待 万象升平。

0 ♭3 3 3 3 3 0 2 2 2 . 2 3 1 1 | 1 - ♭3 2 1 2 1 5 |
We are to-ge-ther, we all stand to-ge-ther. oh,

0 ♭3 3 3 3 1 0 2 2 2 . 2 ♭7 4 5 | 5 - - - |
We are to-ge-ther, we all stand to-ge-ther.

5 0 0 0 | 0 0 0 0 |

0 ♭3 3 3 3 1 0 4 4 3 2 2 2 1 | 1 - - - |
We are to-ge-ther, one family one world.

53
To- ge- ther, to- ge- ther, to- ge- ther.
55
1=B
（女）风雨后 彩霞迎天晴，看气象更新；远离了纷争，
59
温暖融化寒冰。憧憬着明天，四海携手前行；五洲大家庭，我
63
们心在一起。风雨后
65
1=♯C（女高）
彩霞迎天晴，看气象更新；远离了纷争，wo u wo o.
1=♯C（女低）
彩霞迎天晴，看气象更新；远离了纷争，温暖融化寒冰。
1=♯C（男）
啊，啊 啊，温暖融化寒冰。

| 3 3̲2̲3̲ 3̲5̲ 5. | #5̲7̲ 2̲3̲2̲2̲ i. | 6̲1̲ 1̲5̲6̲ 6̲5̲ 5̲5̲ 5. | 6̲5̲ 5̲ | 5̲4̲3̲3̲ -- |
憧 憬着明 天， 四海携手前 行； 五洲大家 庭， 我们 心在一起。

| 3 3̲2̲3̲ 3̲5̲ 5. | #5̲3̲ 2̲7̲2̲2̲ 2̲1̲. | 4 4̲3̲4̲ 4̲6̲6̲. 5̲ | 5. 3̲2̲ 1̲ | 1 --- |
憧 憬着明 天， 四海携手前 行； 五洲大家 庭， 我们 心在一起。

| 0 0 0 0 | #5̲3̲ 2̲7̲2̲2̲ 2̲1̲. | 4 4̲3̲4̲ 4̲6̲6̲. 5̲ | 2̲3̲2̲ 2̲2̲ 1̲ | 1 --- |
四海携手前 行； 五洲大家 庭， 我们 心在一起。

（女、男）| 3 3̲2̲3̲ 3̲5̲ 5. | 2̲1̲ 2̲3̲5̲ 5̲. - | 6̲ 1̲6̲5̲ 5̲3̲2̲ | 4̲3̲ 2̲1̲ 3̲ 2̲ |
啦 啦啦啦 啦， 啦啦 啦啦啦， 啦啦啦啦 啦， 啦啦 啦啦 啦啦

| 3 3̲2̲3̲ 3̲5̲ 5. | #5̲3̲ 2̲7̲2̲2̲ 1̲ 1̲. | 4 4̲3̲4̲ 4̲6̲6̲. 5̲ | 5. 3̲ 2̲ 1̲ |
啦 啦啦啦 啦， 啦啦啦啦啦 啦， 啦啦啦啦 啦， 啦啦 啦啦 啦

| 1 - - - | 1̲5̲ 1̲2̲3̲5̲5̲3̲ | 2 2.1̲ 1 - | 1 - - - ‖
啦， 让我们世界各地 心 在一起。

上　2020年制作的《世界同心》MV
中、下　2020年《世界同心》MV录制现场

人民就是江山

创作时间

2021年

创作人员

作词：郑安阳（时任党委办公室、校长办公室主任）

作曲：石苇（人文素质教育中心教师）

作品简介

歌曲以北京科技大学开展脱贫攻坚伟大实践为创作背景，以"江山就是人民，人民就是江山"为主题，深情讴歌了共产党人全心全意为人民服务，诚心诚意为人民谋幸福的初心和使命。

自2012年与甘肃省秦安县建立定点帮扶关系以来，北京科技大学始终把定点扶贫作为重大政治任务，倾尽全力，统筹推进脱贫攻坚工作。2020年2月，甘肃省人民政府批准秦安县退出贫困县序列。《人民就是江山》，唱的是党不变的初心与使命，唱的是先辈筚路蓝缕的开拓与今人自强不息的奋斗。

"为人民担使命""心连心，共命运"，一句句掷地有声、振聋发聩，一个个字都彰显了北京科技大学上下同心、尽锐出战、精准务实、开拓创新、攻坚克难、不负人民的脱贫攻坚精神。"一心一意谋幸福，砥砺前行谋复兴，我和你风雨同舟，我和你血脉相通"，一批又一批的北科人投入到脱贫攻坚的伟大事业中，秉持北京科技大学"求实鼎新"的校训精神和"学风严谨、崇尚实践"的优良传统，为助力秦安县打赢脱贫攻坚战贡献力量。

2021年，学校推出了《人民就是江山》MV。

人民就是江山

作词：郑安阳
作曲：石莘

♩= 82 饱含深情地

1=E 4/4

‖: 3 - - 5 1 | 2 - - 2 3 | 4 - 0 6 5 | 3 - - 1 |
你是 1.天， 你是 地； 你是 山， 你是 海。你
　　 2.山， 涉险 滩； 豁得 出， 顶得 上。脱

6 - 6 6 7 6 | 5 5 5 - 0 1 | 4 - 4 4 5 6 | 5 3 3 - 1 |
是 浩瀚的 苍穹， 你是 扎根的 沃土； 你
贫困 吃穿不愁， 扶志智 黄土 成金； 一

6 - 6 6 7 i | i 5 5 - - | 5 4 3 2 2 2 4.3 | 2 1 1 - 1 2 :‖
是 磅礴的 力量， 你 是 生命的 源泉。爬高
心 一意谋幸福， 砥砺前行 谋复 兴。

♩= 94 热情地

0 0 0 0 | 0 0 0 0 | 0 0 0 0 1 |
　　　　　　　　　　　　　　　　　　　　　我

‖: 2 2 2 - 1 2 | 3 3 3 - 0 3 | 4 4 4 - 3 4 | 5 5 5 - 0 1 |
和你 风雨同舟， 我和你 血脉相通； 我

```
21
6. 6 6 5 4 | 3 5 5 - 0 1 | 6 6 7. 6 | 6 5 - - | 5 - 0 1 1 |
和你 披荆 斩棘， 我和你 栉风沐雨。    为了
                                    心连

26
i - - 7 i | 5 - - 0 1 | 6 6 i. 3 | 5 - - 1 |
谁， 我是谁，  为人民担 使命。 江
心， 共命运，  新时代同 富裕。

30
i - - 7 6 | 6 5 5 - 0 1 | 4 - - 4 3 | 2 1 1 - 0 1 :||
山  就是人民，  人民  就是江山。   我

34
4 5 6. i | 2 - - 1 1 | i - - 7 i | 5 - - 0 1 |
民 就是江山。 心连心，共命运， 新

38
6 6 i. 3 | 5 - - 1 | i - - 7 6 | 6 5 5 - 0 1 |
时代同富裕。 江山 就是人民， 人

42
4 5 6 - | 6 0 2. i | i - - - | i - - - | 1 0 0 0 ||
民就是 江 山！
```

上　2016年"北科大·秦安精准扶贫129公益接力计划"启动
下　2020年学校领导赴秦安县实地调研

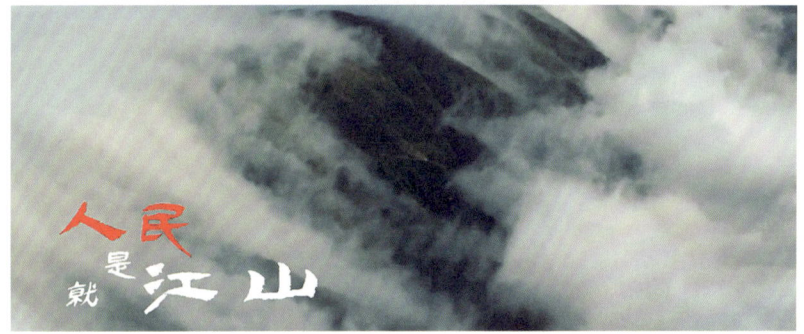

上　2021年学校领导赴秦安县实地调研
下　2021年制作的《人民就是江山》MV

满井演绎

激情洋溢编织青春理想

巍巍蓟门，悠悠满井。一代又一代北科学子在这里踏上科技兴邦的道路，书写精彩人生。北科青年通过戏剧、诗朗诵等多元化的艺术表达，以青春告白祖国，感召着每一位莘莘学子，激发年轻一辈参与到国家的伟大复兴中去。

话剧《爱因斯坦做客》和诗朗诵《让你的琴声为我倾诉吧，我的同学》是20世纪七八十年代的真实写照。刚刚恢复高考，班级同学既有未成年人，也有已经成家的中年人，大家对于科学和真理的追求还在探索中，思想还未完全解放。但大家一致的是对知识的渴望、对未来的憧憬、对国家的热爱。

新世纪以来，校园话剧"满井故事"五部曲陆续推出，分别是聚焦校史故事的《燃烧》、聚焦学生故事的《绽放》、聚焦教师故事的《奔流》、聚焦校友故事的《师兄的透镜》，以及浓缩前四部剧、融汇学校历史的《追寻》。故事讲述不同时代背景下感人至深的满井故事，意欲借助艺术的力量将北科精神不断传承，让更多的后辈感受那份绵绵不断的满井深情。

爱因斯坦做客

创作时间

1980年

创作人员

艾琳（政师1978级）

作品简介

该剧由钢院学生郗安民（饰演爱因斯坦）、王伟（饰演爱因斯坦朋友，一名哲学家）、陆洁（饰演哲学家的妹妹）主演。在1980年首都大学生文艺汇演中首次演出，最终获得创作一等奖、表演一等奖，剧本也在专业杂志上以优秀剧本的名义发表，在戏剧艺术上得到了专家的认可。

理工科院校是以自然科学为方向的。爱因斯坦是20世纪自然科学的一座丰碑，也是当时大学生们的偶像。在这个理念下，艾琳仅用了三天时间就创作出了一个独幕短话剧《爱因斯坦做客》。

话剧讲的是爱因斯坦到朋友家做客，朋友的妹妹是一个美丽、热情的姑娘。在他们风趣的谈天过程中，爱因斯坦仍然在他的头脑里继续着科学推理，随手将著名的狭义相对论公式记在了朋友家客厅的墙上。作品剧情幽默、语言诙谐，具有很强的感染力。

由于时间关系，这个剧目只排练了几次就仓促上阵参加汇演，演出时间也仅仅15分钟。然而，这个节目给在场观众带来了一次巨大的震撼，因为这是当时唯一一个表演外国科学家的话剧，也是汇演中演出时间最短的话剧，更是真正体现当时大学生思想追求和科学追求的话剧。

《爱因斯坦做客》剧照

让你的琴声为我倾诉吧，我的同学

创作时间

1979年

创作人员

作词：原学生会人员

谱曲：曲秉诗（选矿1977级）

朗诵：陆洁（政师1978级）

作品简介

作品在首都舞台上多次演出，一直演到了政协礼堂。时任国务院副总理康世恩、教育部部长蒋南翔等都观看了演出，对节目给予了高度评价。演出的报道和诗朗诵的全文在《光明日报》《北京日报》上刊载，北京电视台播放了演出的实况，北京人民广播电台多次播放了演出的录音，《中国青年报》刊登了演出的剧照。作品在社会上引起了巨大反响，成为当时中国大学生文学作品的代表作之一。

1979级同学入学时，有一名从四川来的新生周莉，年仅16岁。当她将校徽别在胸前时，稚气的脸上泛起了可爱的笑容，这一瞬间被学校宣传部的李荪老师抓拍了下来。当时，院学生会文艺部部长曲秉诗32岁了，当他看到这张照片时感慨万分：这是一张稚嫩的笑脸，这是一种新生的渴望，这是一次历史的震撼啊！曲秉诗向许多学生干部表达了他的这种感受，希望把这种震撼创作成作品。他了解到周莉以前学过钢琴，有一定的文艺基础，便希望通过她的琴声引发更多的联想。许多同学都积极响应号召，在周莉的钢琴声中提笔创作，院学生会主席高晓康创作第一稿，院学生会宣传部郭有谦修改了第二稿。但这还没有让广大同学满意，因为一个好的作品除了真实的情感，还需要艺术的提炼。最终，理化系学生会主席童建筑再次执笔创作，完成了配乐诗朗诵《让你的琴声为我倾诉吧，我的同学》，作品获得了师生的广泛好评。"这是历史的误会，还是历史的必然？"这发自心灵的叩问，立刻引起了当时在校大学生的强烈共鸣，激起了同学们的历史责任感和爱国情怀。

2008年，学校为1977级、1978级校友举行入学30周年纪念活动，陆洁特地从国外飞回来，登台朗诵这首抒情长诗。

2015年，学校举办校友会学生会分会2015年校友年会，时任主席团成员表演配乐诗朗诵《让你的琴声为我倾诉吧，我的同学》。

2018年，学校为1977级、1978级校友举行入学40周年纪念活动，陆洁再次登台朗诵。

上左　校友会学生会分会2015年校友年会时任主席团成员进行配乐诗朗诵《让你的琴声为我倾诉吧，我的同学》
上右　2008年，1977级、1978级校友入学30周年纪念活动中，陆洁朗诵《让你的琴声为我倾诉吧，我的同学》
下　　2018年，1977级、1978级校友举行入学40周年纪念活动中，陆洁再一次登台朗诵《让你的琴声为我倾诉吧，我的同学》

燃烧

创作时间
2012年

创作人员
编剧：陈予婧　　导演：毛尔南
舞美设计：杨君韬　　灯光设计：王润杰
造型设计：张孟莹　　形体指导：罗丹妮
（以上人员均为学生艺术团特邀）

作品简介
作为学校精心打造的原创话剧"满井故事"五部曲中的第一部，该作品以从北京科技大学走出的魏寿昆、肖纪美、柯俊、吴自良、邹世昌、柯伟、李依依、张兴钤等院士为人物原型，是一代北科人成长、求学、报国的大型文献史诗剧。全剧塑造了一代北科人爱国奉献、追求真理的生动形象，展现了北科人在时代巨变下不变如初的钢铁意志和泉涌豪情，希望以这榜样性的精神力量鼓舞无数学生。

2012年3月，《燃烧》专场演出在北京科技大学礼堂隆重拉开帷幕，得到了观众们的热烈好评，同年5月再次举办专场演出，并代表北京科技大学赴上海参加第三届全国校园戏剧节，荣获"优秀剧目奖"。

整场演出从中国20世纪三四十年代的一个农村场景切入，主人公肖俊昌在抗日战争期间决定到四川攀枝花开采铁矿石，以此来实业救国，在这之后他又申请了去美国留学。但在中华人民共和国成立之际，他毅然选择了回国，突破了美国移民局的层层阻挠，历经重重磨难，为了国家甚至远离了深爱的妻子儿女，一别就是15年。之后他参加了原子弹的研究，为了祖国的建设忍受种种艰辛与痛苦却甘之如饴。到了晚年，肖俊昌一直在北京科技大学教书，为北京科技大学莘莘学子传承科学的真理与奉献精神。

2012年《燃烧》剧照

2012年《燃烧》剧照

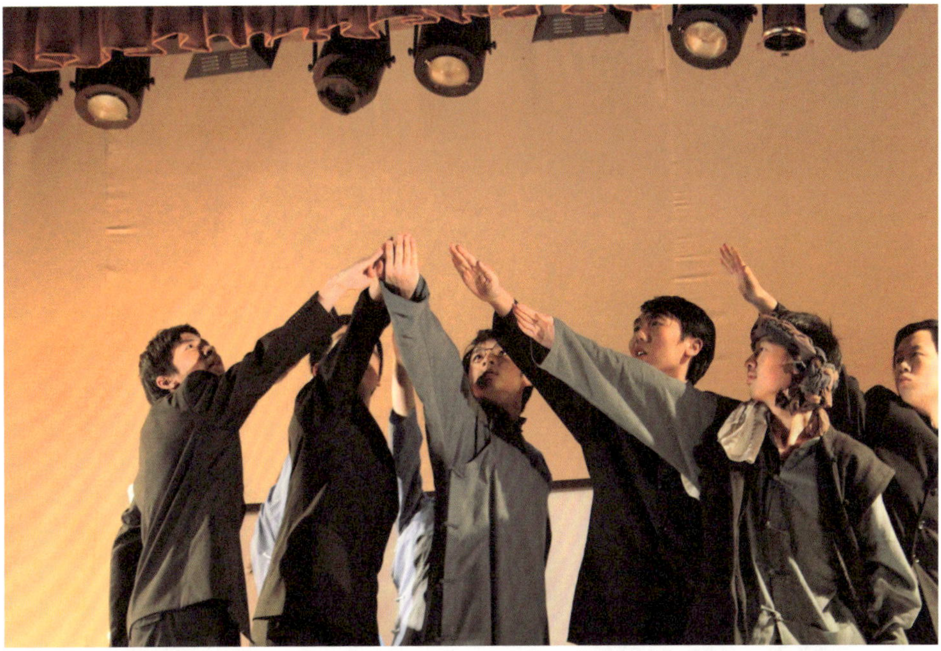

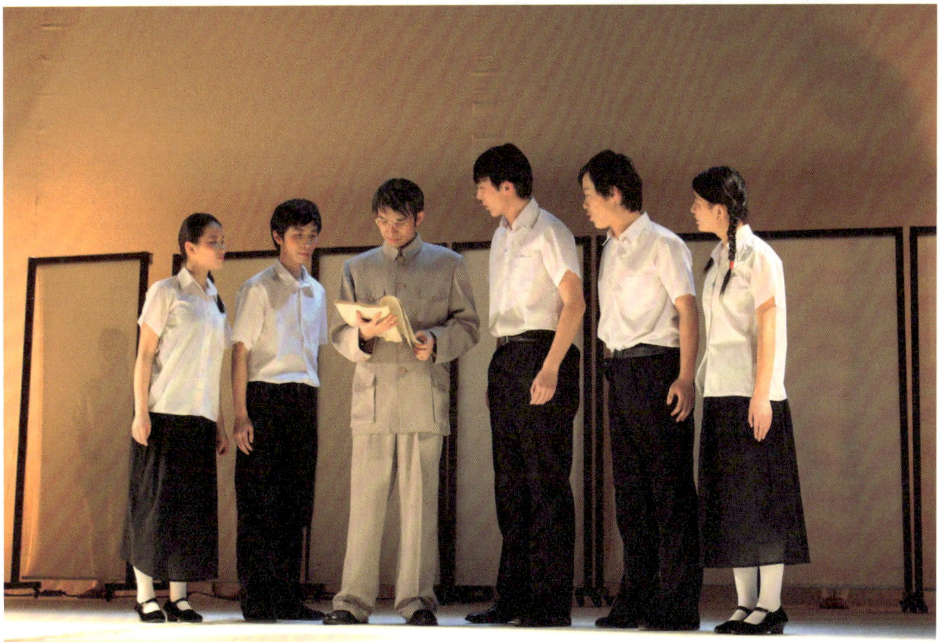

绽放

创作时间

2013 年

创作人员

编剧：杨浥堃　　　　导演：毛尔南
舞美设计：杨君韬　　灯光设计：王润杰
原创词曲：杨浥堃　　声乐指导：王鹏
舞蹈编导：王钰　　　造型设计：李月
音乐制作：武乐

（以上人员均为学生艺术团特邀）

作品简介

作为学校精心打造的原创话剧"满井故事"五部曲的第二部，以北京科技大学历史文化为背景，深刻挖掘了学校的历史文化和人文情怀，以新颖、唯美的形式讲述了不同时代的莘莘学子在北京科技大学的人文关怀下崇尚科学、追求梦想的故事。作品于2013年首演，获得第四届中国校园戏剧节最高奖"中国戏剧奖 · 校园戏剧奖"，入选2018年第八届中关村国际青年艺术季活动，获第五届北京市大学生戏剧节优秀剧目奖、优秀编剧奖及优秀舞台设计奖。2014年，学校推出《绽放》短剧版。

作品的创作源泉来自北科学子的生活，发源于本心，更能引起共鸣。作品讲述了青春、梦想、信念与爱，采用时空交错的设计，使剧情跌宕起伏；灯光和道具富有变化，舞台设计真实，有代入感。作为学校首部音乐话剧，无论是剧本创作、舞美设计、音乐词曲编写，还是演唱、舞蹈与表演等方面，都充分展现了原创精神和艺术水平。

全剧以老建筑"十斋"和青年学生"梦想"为主线，巧妙将"十斋"拟人化，融入北京科技大学标志性文化景观——银杏叶片，讲述了北京科技大学的时代变迁和学子的生活转变，突显出北科人的价值追求："梦想有两种，一种是我实现了梦想，另一种是梦想通过我得以实现。"

2013年《绽放》剧照

作品充分展现了北京科技大学这片沃土培养出来的各个时代学子的青春梦想，包括20世纪50年代的报国梦、80年代的执着梦以及90年代的青春梦。不同时代的北科学子都因为住在"十斋"203宿舍，穿越时空联系在了一起，因为他们拥有一个共同的秘密——把自己的梦想存放在了那里。台词"北科大是一个能造梦的地方"成为广大学子口耳相传的经典语录。剧中人物给我们树立了榜样，让我们懂得了我们都在通往梦想的道路上，坚持我们的梦想，坚持北科的梦想，终有一天我们的梦想会绽放。

《绽放》是起点不是终点，满井村的水不是流在校园里，而是流在北科人的血液里。"十斋"203宿舍见证了他们为梦想而拼搏，见证了他们的失意，见证了他们的意气风发，见证了他们绽放的青春。在"无风三尺土，下雨两脚泥"的校园里行走的身影最终与"平地起高楼，满井变北科"的银杏大道重合。北科变了，绿树高楼，杏叶飘落；北科没变，进取鼎新，敢为人先。北科学子仍于繁华盛世中追求自我，逐梦青春，绽放光芒！

上　2013年《绽放》剧组人员合照
下　2013年《绽放》剧照

2013年《绽放》剧照

奔流

创作时间

2016 年

创作人员

编剧：陈予婧　　　　　导演：姬沛

执行导演：郭峰　　　　舞美设计：王润杰

灯光设计：王琳涵　　　作曲：方健

（以上人员均为学生艺术团特邀）

作品简介

作为学校精心打造的原创话剧"满井故事"五部曲中的第三部，以柯俊院士等老一辈科技教育工作者为人物原型，演绎了他们留学归国、躬耕教育的学术生涯和育人情怀，生动诠释出一代代教师以德施教、甘于奉献的师韵师德师风，同时勾勒与描绘了新一代青年大学生投身社会实践的青春故事与崇实求真的价值追求。

在 2016 年北科青年艺术节"天籁"模块——艺术节开幕式暨北京科技大学大型原创话剧《奔流》专场演出中，该作品奏响了一曲天籁之声。同年，学校推出《奔流》短剧版。2017 年，该剧荣获北京大学生戏剧节金奖。

正如台词所说："人只有奉献出自己，才能找到那些短暂而有风险的生命意义。生命就像一朵浪花，一往无前，奔流到海，不复回。"

《奔流》表现出一代代北科人学风严谨、崇尚实践的优良传统，踏实肯干、革故鼎新的治学态度，以及以国为任、追求卓越的动人情怀。北科学子在满井村这个"将时间凝结成梦的地方"勤奋学习、砥砺青春，筑牢人生道路的根基。

2016年《奔流》剧照

2016年《奔流》剧照

上　2017年《奔流》剧照
下　2017年《奔流》参加比赛，剧组人员合照

师兄的透镜

创作时间

2019年

创作人员

编剧导演：蔡晓航、石良业、杜家纬 舞台设计：张师睿
灯光设计：吴林泽 造型设计：王幼音
形体指导：西尔艾力·伊力哈木 声乐指导：田玉洁
（以上人员均为学生艺术团特邀）

作品简介

作为学校精心打造的原创话剧"满井故事"五部曲中的第四部，该剧改编自1986级校友蔡晓航的中篇小说《师兄的透镜》（第四届鲁迅文学奖获奖作品），讲述了北科学子对真理的执着追求，以及对"求实鼎新"校训精神的传承。

本剧讲述罹患早衰症的天才科学家师兄朴一凡突然远走失踪，而后却以巧妙的方式引导自己的师弟程宇遵循自己的思路，在经历重重失败后，终于发现了解决科研难题——观察"宇宙的第一缕星光"的方法。话剧所讲述的故事理性与感性相交融，科学与趣味相映衬，歌颂了一代代科研工作者在追求真理的道路上孜孜不倦、求实鼎新的科研精神，同时也暗含了北科精神的薪火相传。

《师兄的透镜》内容新颖，以少见的思维方式设计故事框架，充满着对科学的想象与期待，极富创新意义。与此同时，理性的科学精神与感性的情感依托在整部剧中交相辉映，向每一位北科学子、每一位观众娓娓道来，讲述北科的精神文化。话剧中于童穿着婚纱上场的身影，将整部作品推向高潮，而后朴一凡吹响的声声螺号，将故事主题再次升华，也将求实鼎新、薪火相传的科研精神呈现在观众面前，引起观众共鸣和思考。

该剧改编成短剧《逐光》，获2021年北京大学生戏剧节金奖。

2020年《师兄的透镜》剧照

2020年《师兄的透镜》剧照

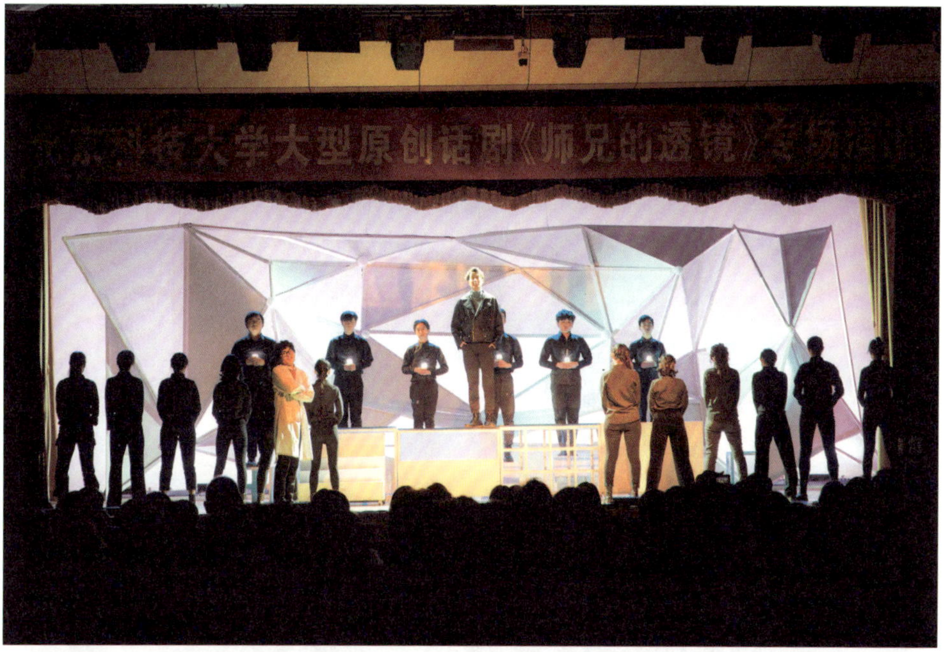
科技大学大型原创话剧《师兄的透镜》

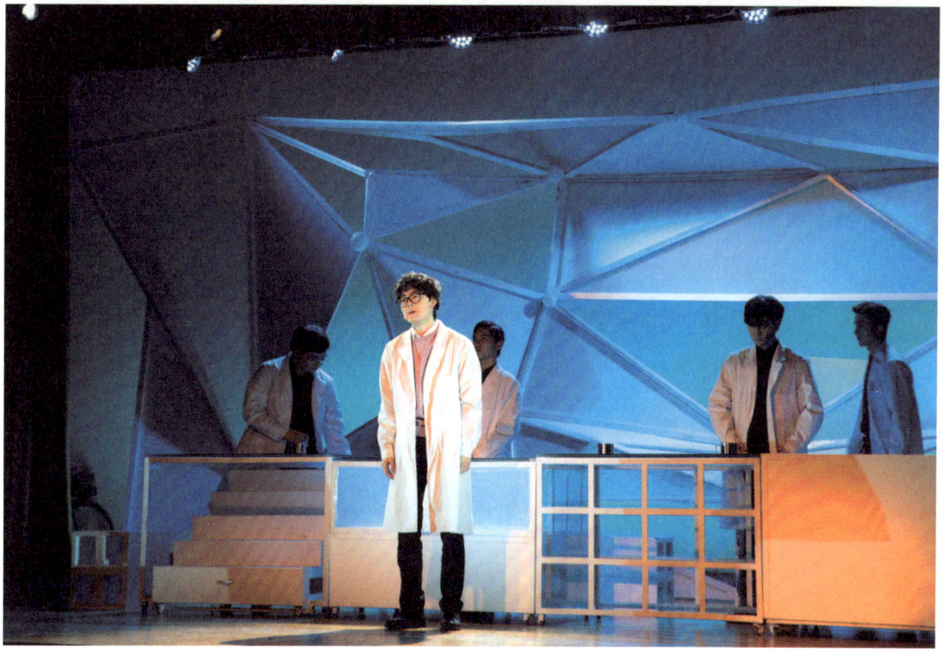

追寻

创作时间

2021年

创作人员

编剧：周紫君　　　　　导演：石良业
舞台设计：窦雪域　　　灯光设计：吴林泽、张烁
造型设计：王幼音　　　形体设计：杜悦丞
音乐音响设计：石良业
（以上人员均为学生艺术团特邀）

作品简介

作为学校精心打造的原创话剧"满井故事"五部曲中的结尾曲，《追寻》为北京科技大学70周年校庆而创作，集《燃烧》《绽放》《奔流》《师兄的透镜》的精彩内容为一体，讲述一代代北科人在满井这片沃土上，怀揣着为共和国筑起钢铁脊梁的坚强信念和惟学无际、崇实求是的梦想，将最美好的青春年华献给北科、献给祖国。该剧获2021年北京市大学生戏剧节金奖和优秀创作奖。

《追寻》讲述了天才研究员朴一凡与他的副手兼师弟程宇在机缘巧合下踏上一条追寻之途，在旅途中看到许多历史中的沉浮往事，并从中体会到了科研人的坚毅精神，由此坚定了前进的信念，将科研的火把继续传递，在代代传承中创造新的意义与价值。

故事的开始，由研究所天才研究员朴一凡的突然失踪为切入口，他留下字条，要求他的副手兼师弟程宇接替他完成电子皮肤项目，但研究所充斥着一片质疑声。一向自卑的程宇顶不住压力，偷偷找到朴一凡并要他回去，却意外地被朴一凡拉着踏上了一条追寻之旅。

这场追寻之旅中，朴一凡和程宇看到了很多历史中的沉浮往事。肖俊昌、赵书瑶夫妇为科技兴国历经坎坷，双双赴美留学，但归国时受到美国方面的阻拦。为了支持肖俊昌，赵书瑶孤身一人带着孩子被扣押在异国他乡。

回到祖国的肖俊昌任教于刚建校的北京钢铁工业学院，创办冶金物理系。

冶金物理系的第一批毕业生中有一对情侣：男生成远初远赴西北，参与原子弹研制，埋骨黄沙；女生徐天天留校任教，桃李满天下，成为国内科研界的顶梁柱之一。而徐天天做博士生导师时的两位得意门生，正是朴一凡和程宇。这是追寻之旅，也是托孤之旅，程宇被无数先辈的故事与精神所触动，也终于找到了做科研的意义和自信，决意接过朴一凡的火把，扛起重任，完成电子皮肤项目，将科研人的精神代代传承下去。

创作以"传承"为中心，秉持着弘扬求实鼎新、薪火相传的中心思想。作品翻开了北科的历史篇章，展现了学校熠熠生辉的精神内核——从北京钢铁工业学院时期开始，先辈的筚路蓝缕、艰苦奋斗让我们热泪盈眶、心潮澎湃。从风雨飘摇的岁月里走来，无数仁人志士投身于祖国的建设，为我国的腾飞做出巨大贡献。从排除万难回到祖国的肖俊昌、赵书瑶夫妇，到冶金物理系的第一批毕业生情侣成远初与徐天天，再到跨越时空、回溯古今的朴一凡与程宇，孜孜以求、刻苦钻研、不畏苦难、敢为人先的精神代代相传，在时代变迁中不断焕发崭新的生机与活力！

2021年《追寻》剧照

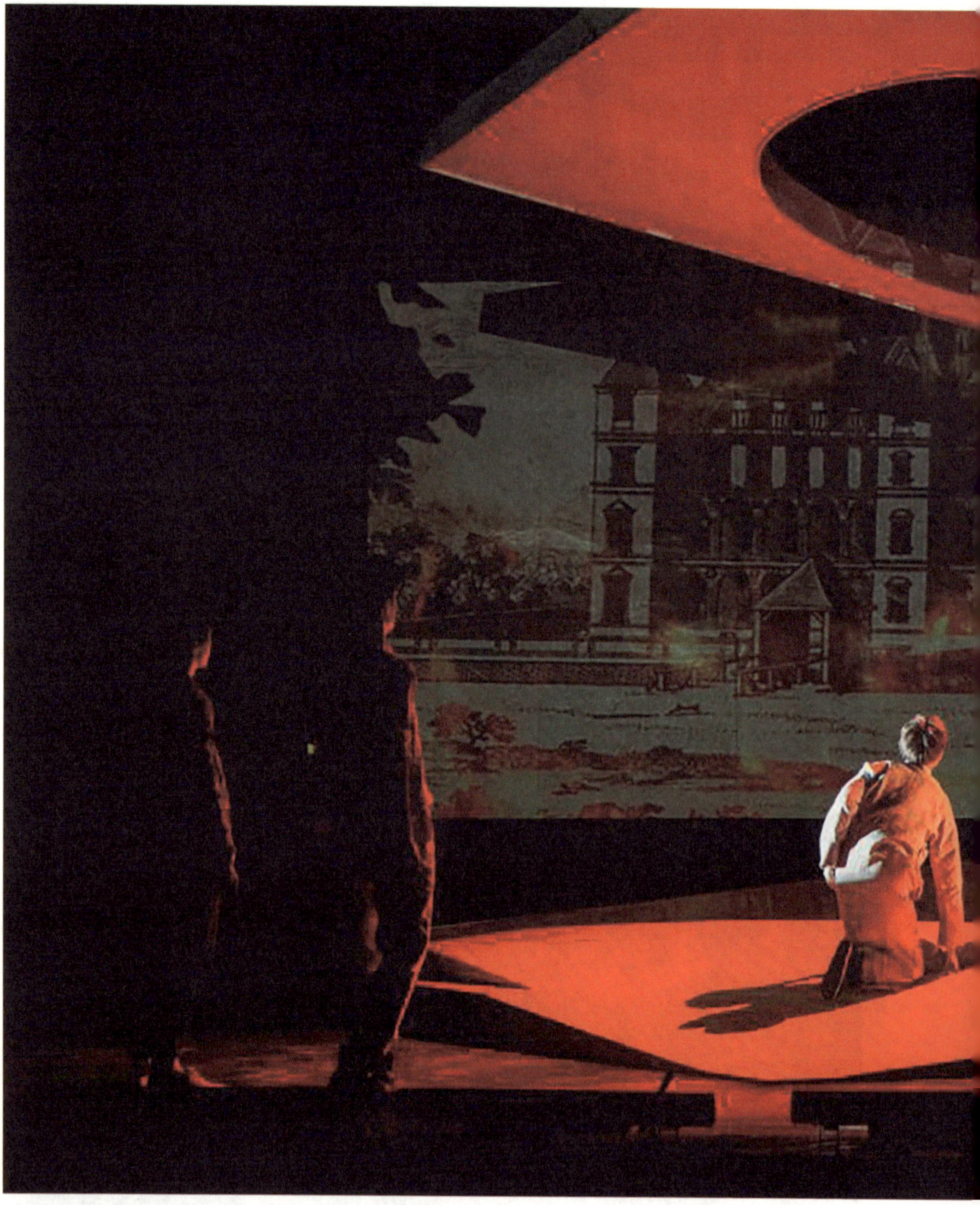

2021年《追寻》剧照

2021年《追寻》剧照

141

满井舞动

翩然起舞翱翔青春殿堂

北科学子的翩翩舞影，体现了青年学子对中国风格、中国气派的追求，将富有时代调性的元素融入舞蹈之中，见证了岁月峥嵘，见证了滚烫的青春，为北科大校园文化艺术建设增添了浓墨重彩的一笔。

"灯光下抑或月光下，让裙摆跃动，与浪漫共舞"。青年学子将内心蓬勃的爱国之情与对党的一片丹心，融入美妙的舞蹈艺术之中，通过肢体语言表达向上的青春力量，传播正能量。

自1980年以来，学校先后原创排演了《遨游太空钢城》《火焰的力量》《银杏叶片》《摇篮》《使命》《飞翔》《我的北科时代》等一大批舞蹈作品，以舞蹈诉说北京科技大学各个时期取得的丰硕成果，用青年学子阳光向上的精神面貌，谱写一代代北京科技大学师生用青春之火点燃报国之情的篇章，舞出了北京科技大学青年的青春理想。

遨游太空钢城

创作时间

1980年

创作人员

编排：曲秉诗（选矿1977级）、马宪平（选矿1976级）等
艺术指导：史大洪（北京青年艺术剧院专业演员）

作品简介

舞蹈描述了21世纪人类把冶炼技术搬到了太空，用空间的资源为人类服务，一位女科学家带着两个小学生乘坐飞船去遨游太空钢城，在那里看到了机器人有序地工作。机器人的群舞，自然就是在电子音乐的旋律下有节奏的"迪斯科"。该作品在1980年的大学生文艺汇演中荣获创作一等奖、表演一等奖。在北京展览馆剧场的演出中、在怀仁堂为中央领导汇报演出中，该舞蹈均作为压轴节目登场。

在当时的背景下，芭蕾舞、民族舞盛行，作为新一代的大学生，钢院学子立志在舞蹈艺术上"面向未来"，走到时代前沿。他们突破常规，以当时还很新潮的"迪斯科"为基本形式，进行大胆创作。整个节目的服装（机器人的服装、头盔、闪亮的眼睛）、道具（飞船、遥控、合金钢材）、音响、灯光（多彩变幻的地面、太空场景）等都融入了现代化的听觉、视觉因素，是整个节目有机的构成部分。

"崇尚科学"的未来主题、强烈的音乐节奏、变幻的灯光背景、整齐诙谐的舞蹈表演、立体化的效果，使在场的观众耳目一新。那些认为"迪斯科"难登大雅之堂的人们，被这种对未来科学的憧憬深深地震撼了。

《遨游太空钢城》走进怀仁堂

火焰的力量

创作时间

2012年

创作人员

编导：张雅洁（时任团委教师）

作品简介

舞蹈为庆祝北京科技大学成立60周年而创作，首演于2012年"鼎立中华"北京科技大学60周年校庆文艺晚会上。这部大型原创男子群舞剧，以众志成城、力拔山河之势展现出浴火重生的力量；以充满爆发力的动作和坚定不移的信念诠释了历经风雨的隐忍和淬火涅槃的辉煌。

火焰，是一种希望，是一种象征，是一种图腾。它给人们带来光明，让人们努力奋进。火焰坚强，淬炼万物；火焰柔情，温暖众生。舞者们在炽热中舞蹈，热情奔放；在烈焰中燃烧，豪迈洒脱。他们的舞姿正如火焰一般刚柔并济，令人心驰神往。我们不得不感叹火焰的力量，它淬炼出钢铁身躯，也筑牢了民族脊梁。北科儿女千锤万凿，百炼成钢；北科儿女钢浇铁铸，淬火磨砺。"钢小伙""铁姑娘"是所有北科学子共同的名字。

在2012年北京科技大学60周年校庆文艺晚会上演《火焰的力量》

银杏叶片

创作时间

2015 年

创作人员

编导：张雅洁（时任团委教师）

作品简介

舞蹈创作于2015年，由北京科技大学舞蹈团演出。作品以"银杏大道"为创作原型，以北京科技大学的历史文化为主要创作背景，是属于每个北科人的校园记忆。2015年11月，作品荣获北京大学生舞蹈节二等奖。

《银杏叶片》依照春、夏、秋的季节变化以及叶片生长过程造成的情节起伏，戏剧化地讲述了在满井村的土地上和古老的楼宇间，银杏叶片从春天的嫩绿到夏天的郁郁苍苍，最后到秋天的满地金黄，生动地展现了银杏树作为北京科技大学校园美景的深刻意境。作品意在用舞姿展现银杏树的生长过程，唤起每一位北科学子在银杏树下的回忆。悠然而来的秋天，给银杏叶留下了金色的印记，群舞的枝叶和飘零的记忆，让人将脑海中的人和事一次次浮现。舞蹈动作设计极具张力，兼具高难度的动作技巧和整体性的情感表现。学生舞蹈团的演员们表现力突出，动静结合地表现出生长的旋律、摇曳的梦想和唯美的姿态，蕴含着北科学子存善存真的艺术心境。美哉银杏路，为人文之勃发，为艺术之精彩。

上、中　在2015年北京大学生舞蹈节上演《银杏叶片》
下　在2019年学校舞蹈团"我想给您跳支舞"专场上演《银杏叶片》

摇篮

创作时间

2017年

创作人员

编导：杨夕鹏、郑鹤松（特邀）

作品简介

作品由北京科技大学学生舞蹈团、国防生表演，首演于北京科技大学建校65周年文艺晚会上。该作品是一部富有浓郁的时代气息、校园特色与青年特点的舞蹈作品。2017年5月，北京科技大学学生舞蹈团凭借该作品斩获2017年北京大学生舞蹈节群舞A组银奖。

作品铸造钢铁的摇篮，满载师韵的芬芳。在北京科技大学的沃土上，师生们始终充满感恩，舞蹈演员们用唯美的形体汇聚成一个"摇篮"，表达出一代代学子对母校芬芳若兰师韵的感谢和对青春无悔年华的感怀，亦表现出"钢小伙""铁姑娘"朝气蓬勃的面貌，反映出北京科技大学底蕴深厚的"钢铁摇篮"文化特色。舞蹈以青春之姿向母校致敬。

在《摇篮》一舞中，舞蹈团吸纳了国防生以及大量非特长生，同学们在排练中挥洒汗水、严格要求、突破自我，"钢小伙""铁姑娘"刻苦拼搏的精神同样是对"钢铁摇篮"精神的传承。

在2017年北京科技大学建校65周年文艺晚会上演《摇篮》

使命

创作时间

2017年

创作人员

编导：岳晓东、付骞（特邀）

作品简介

作品由赵田明娣领舞，北京科技大学国防生、U.F.crew 街舞团表演，首演于北京科技大学建校65周年文艺晚会上。作品切中报国主题，彰显出一代代北科学子以"求实鼎新"的校训精神为指引的责任与担当，也体现出北科学子为钢铁强国、科技报国的梦想而不懈奋斗的志向与使命。

六十五度春秋，波澜壮阔；六十五载风雨，初心不改。如日之升，如月之恒。偷偷藏不住的那份欣喜，随之跃上心头。一时间，这世间的美好都与我们环环相扣。

整场表演运用活力四射的现代舞蹈展示科技魅力。伴随着音符的跳跃，最后出场的无人机将全场观众带向了充满科技感的未来世界。

新时代的北科青年意气风发、神采飞扬，以奔流赤子的情怀绽放出青春的梦想，表现出更加昂扬的斗志，凸显出更加强大的潜力，用卓然的风采印证了这片满井热土的蒸蒸日上。新时代北科学子用拼搏与努力续写着学院路30号的传奇与辉煌。

在2017年北京科技大学建校65周年文艺晚会上演《使命》

飞翔

创作时间

2020年

创作人员

编导：张寅文（特邀）、张雅洁（人文素质教育中心教师）

作品简介

作品由北京科技大学学生舞蹈团表演，展现了北科学子在追求梦想的道路上奋勇向前的身影和奋勇拼搏的精神。2021年7月，北京科技大学学生舞蹈团凭借该作品荣获第17届北京舞蹈大赛创作三等奖；同年12月，荣获2021年北京大学生舞蹈节银奖。

作品中椅子和气球元素象征着前行道路上的困难艰险，演员与椅子、气球配合的动作体现出北科学子与困难博弈，在旋涡中挣扎，冒着逆风前进；不断重复地在椅子上转动裙摆，模拟白鸟飞翔的动作，表达出北科学子不畏困难，冲上云霄，在天空翱翔的愿望。整个舞蹈呈现一种直立向上的状态，是北科学子积极向上、不断进取、奋发有为精神的浓缩。飞翔是一种意象，蕴含着北科学子走向希望、实现梦想的深刻寓意，彰显了新时代青年的朝气与活力，将年轻人渴望在美好时代有所作为的理想愿景化为具体的动作，以更加直观和具体的方式展现出来。

作品以小见大，蓝白色的服装以及道具既呼应蓝天，又呼应即将开展的北京冬奥会中的冰雪，作品中北科学子飞翔的身影更是中国队在冬奥会中奋勇拼搏的写照，预示着中国队必将在冬奥比赛中斩金夺银，掀起青春的风潮。

在2021年北京大学生舞蹈节上演《飞翔》

我的北科时代

创作时间

2021年

创作人员

编导：李慧君（特邀）、张雅洁（人文素质教育中心教师）

作品简介

作品由北京科技大学学生舞蹈团表演，以欢快活泼的舞步和五彩斑斓的光影展现着北科人求实鼎新、追求卓越的奋斗历程。2021年12月，北京科技大学学生舞蹈团凭借该作品荣获2021年北京大学生舞蹈节铜奖。

"梦想与现实"篇章描述了梦想获得学术成就的学生与出问题的机器之间的故事。开场灯光浪漫又极具戏剧性，烘托面对荣耀与光芒顷刻间化为乌有的"小贝壳"失望落寞的心情。这种梦想与现实的巨大反差，让学生一度徘徊在悲伤的边缘。

"科技舞动"篇章以手中的键盘与电脑中的代码拉开大幕，演员们在数字的悦动和灯光的切换中呈现着唯美的舞姿，黑暗中的荧光仿佛满井边闪动的矿冶之星火，抚慰百年国殇，不断激励钢院人自立自强。

"金工实习"篇章讲述了"钢小伙""铁姑娘"们褪去往日妆容，穿上实习装进行金工实习的故事。舞蹈演员们神情饱满，动人地演绎着那些实习课上的点滴故事。背景音乐时而激扬奋进，时而款款流淌，蕴含着北科人对青春价值、生命意义的思考和对未来的展望。

"银杏树下"篇章呈现了北科学子朝气蓬勃的精神风貌。他们有的读书，有的拍照，还有的讨论数学题目。金黄色的银杏大道盛满了秋日美景，阳光倾泻在脚尖、头顶，映照着他们坚毅的目光，这是一份独属于秋天和北科的美好和感动。

"突破黑暗"篇章中，演员摆出各种造型，暗示着前进道路上存在重重阻碍。即便如此，北科学子依然迎风奔跑、搏击风浪。灯光突然熄灭，一道道激光亮起的效果，给予观众强烈的视觉冲击。

在"我的未来不是梦"篇章中，全场灯光亮起，演员们眺望远方，眼神坚定又纯真，闪烁着清澈的光芒。在《我的未来不是梦》的歌声中，他们跑到台前向台下观众挥手，同时也是向未来的自己挥手；他们向远方发出诚挚的邀请，向青春吹响拼搏的号角，更向着北科"鼎新未来向百年"奋进！

《我的北科时代》展现了属于北科人的独特记忆与精神面貌。银色的闪光服装让人联想到"钢小伙"与"铁姑娘"；活泼的动作、灿烂的表情、希望的眼神，无不散发着北科青年的时代之光。

在2021年北京大学生舞蹈节上演《我的北科时代》

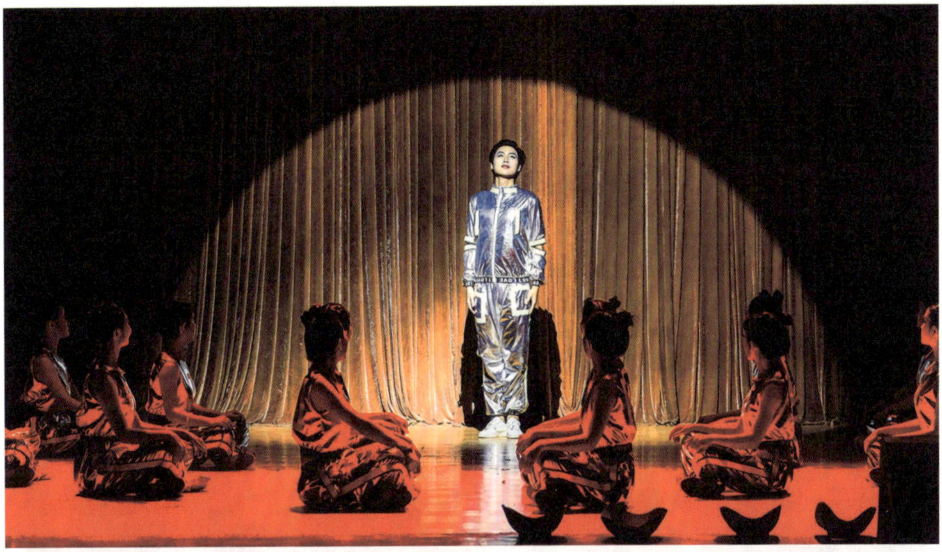

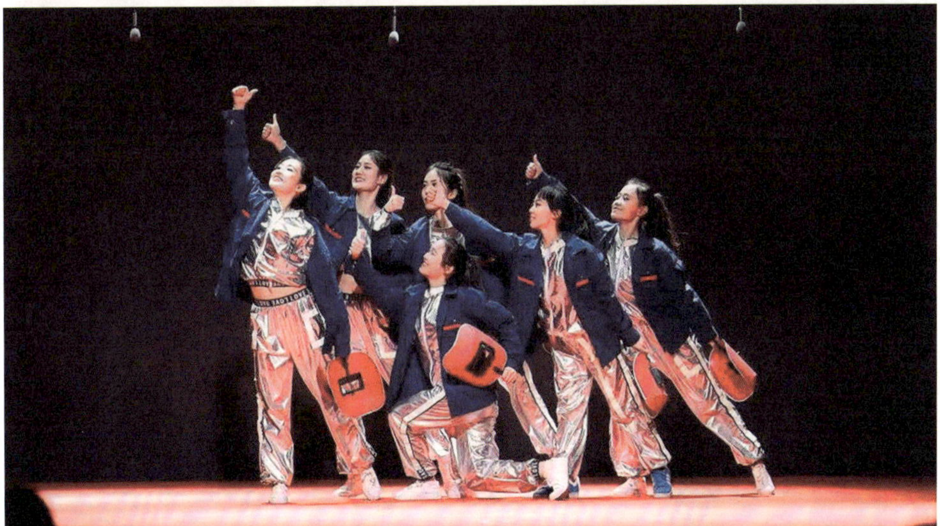

满井奏响

管弦之间彰显青春力量

在党的光辉照耀下，青年学子传承红色基因，回顾中华民族所经历的觉醒时代，回想先辈将青春献给祖国的激情时光，誓将成长为堪当民族复兴重任的时代新人。带着这样的情怀，北科青年学子饱含深情，在一篇篇乐章中表达了对祖国山河的热爱和对新时代的赞颂。

青春力量，汇流成河，一代代北科青年学子奏响时代之音，始终坚持继承和发扬中华民族优秀传统文化，学习和借鉴世界优秀文化成果，中西合璧、融会贯通。

《钢之魂》《鎏金》《破晓》《前行的光》《鼎·礼》承载着北科学子在校园中积跬步以至千里的点滴，蕴含着北科学子对满井学堂的情感寄托，昭示着北科学子在时代考验下的坚定信仰。

钢之魂

创作时间

2019年

创作人员

作曲：吕文彬（特邀）

作品简介

作品由北京科技大学鎏音室内乐团演奏。北京科技大学被誉为"钢铁摇篮"，钢铁是北科人的灵魂，将感情注入歌曲的叙事当中，钢铁是精神的具象化，将时间凝结成梦不仅仅是一句空想，青年学子们将梦想投入校园生活的热情当中。北京科技大学的每一处都洋溢着青春的气息，这是青年学子凝聚在一起的力量，也是学校汇聚梦想的光芒。

本曲开篇以唢呐叙事、以管钟传情，为我们解开了满井村的幕帘，带我们回到了它最开始的样子。唢呐嘹亮的声音展现出充满希望的校园生活和积极向上的钢铁之魂，一幅青年学子的奋斗图卷徐徐展开。他们肩上有责任，心中有信仰，为北京科技大学发展历程添上浓墨重彩的一笔。这里记录着他们生活学习的点点滴滴，在叙事的曲调中生动鲜活地浮现在听众的脑海中。千锤万凿，百炼成钢，《钢之魂》是一代北科人的真实写照，他们拥有钢铁般的意志和顽强不屈的性格，面对前进道路上的困难，他们不胆怯、不退却，对梦想充满信心，对生活充满热情。

在2019年"鎏音新语"民族室内专场音乐会上《钢之魂》首演

鎏金

创作时间

2021年

创作人员

作曲：戚浩笛（特邀）

作品简介

作品是为北京科技大学鎏音室内乐团量身打造的一首曲目。曲目选择承载着北科学子记忆的银杏叶片作为创作原型，赋予其四季风貌，展开跃动于民族管弦乐中的北科华章。2021年12月，北京科技大学民乐团凭借该作品荣获2021年北京大学生音乐节银奖。

曲目通过马林巴琴与弹拨声部的一呼一应，记录春夏两季的"对话"，活泼而热情；以低音声部与弦乐声部的叠加交错，描绘一幅秋冬画卷，温柔而内敛。使用三连音开篇，并以三拍子和四拍子的灵活配比架构整个乐段。通过独特的节奏设计，形象地描绘出片片银杏叶在风中灵动飘舞，充满生机与活力的样子。

《鎏金》选择银杏叶片之巧妙，不仅仅在于银杏叶是北科的一幅独特景象，更在于银杏叶片展现出了北科学子的坚定信念与卓越风采。悦耳的旋律真挚饱满，温柔细腻，生动描绘了北科学子阳光向上的精神面貌和灿烂珍贵的流金岁月！

在2021年北京大学生音乐节上《鎏金》录制现场

破晓

创作时间

2021年

创作人员

作曲：戚浩笛（特邀）

作品简介

作品以新冠肺炎疫情暴发和全国人民抗击疫情为创作背景，作为压轴曲目首演于2021年5月28日"乐颂鋈年"——北京科技大学庆祝中国共产党成立100周年鋈音民族室内乐团专场音乐会上，歌颂了果断决策的中国共产党、不畏艰险的抗疫英雄，以及团结一心的中国人民。

《破晓》采用叙事的手法，通过独特的演奏技法与音乐处理，演奏出"压抑""奋起""希望""感动"四个篇章，曲调变化多端，跌宕起伏，层层递进。

疫情之初，突如其来的疫情打乱了人们的生活节奏。恐惧和不安正逐渐侵蚀着人们的坚强，社会上弥漫着一股恐慌和消极的情绪。在这种情形之下，党和政府高度重视、迅速行动，习近平总书记亲自指挥、统揽全局，全国人民从社区、家庭到每个人，都各尽其责，开始为抗击疫情行动。

"感动"是贯穿整个疫情期间的旋律。我们看见了许多人的故事，我们为中华民族舍己为人、和衷共济的精神而感动。突如其来的疫情中，我们经历了磨难，也见证了温暖。

在2021年"乐颂鎏年"——北京科技大学庆祝中国共产党成立100周年鎏音民族室内乐团专场音乐会上《破晓》首演

前行的光

创作时间

2021年

创作人员

改编：戚浩笛（特邀）

作品简介

作品改编自陕北民歌《东方红》，为庆祝中国共产党成立100周年创作，由北京科技大学民乐团进行演奏。2021年12月，北京科技大学民乐团凭借该作品荣获2021年北京大学生音乐节银奖。

《前行的光》采用多段体结构，把不同主题结合为整体，运用多种织体写法，琵琶灵动、笛笙悠扬、胡琴抒情，充分表现各种乐器的音色。从沟壑纵横的黄土高原，到浩瀚无际的寰宇银河，是那一抹东方的鲜红，照亮着一个民族前进的坚定方向。曾经的你，用一声声长歌，唤醒了华夏大地奋勇崛起的决心；如今的你，用一道道光芒，架起了中华民族开拓进取的桥梁！

"前行的光"，是披荆斩棘的"信念之光"，是铁骨铮铮的"无畏之光"，是不负重托的"报国之光"。百年探索，一苇以航。心有所信，方能行远。

北京科技大学以此曲庆祝中国共产党成立100周年，全体青年师生以此铭志，奋发图强。《前行的光》旋律优美动听、铿锵有力，以旋律的起伏和歌词的传唱振奋精神，潜移默化地浸润心灵。

在2021年北京大学生音乐节上《前行的光》录制现场

鼎·礼

创作时间

2022年

创作人员

李婵（特邀）

作品简介

管乐交响诗《鼎·礼》是专为北京科技大学70周年校庆而作的献礼曲，作为主题曲首演于2022年4月17日"鼎·礼——北京科技大学庆祝建校70周年音乐会"。曲目由北京科技大学管乐团演奏，为北京科技大学管乐团的首部原创委约作品。

"鼎"乃国之重器，体现了学校引领钢铁行业发展、推进国家工业化建设所做出的卓越贡献，彰显了学校在国家高等教育体系中的重要地位和创新发展的坚定信心，代表着北科人沉稳刚毅、众志成城，为中华之崛起、奉科技以强国的传承精神。

"礼"为赞歌颂章，歌咏着北科70年熔铁铸金、历练辉煌流金岁月，赞美着北科70年来刚柔并济、弘德育人的诗韵兰香，谱写着北科历经70载仍充满活力、融冶以新的崭新华章。

作品以丰富细腻的音乐笔触、诗歌般的豪放情怀生动展现了北科70年来的光辉历程。开篇的号角庄重大气，主题旋律充满着青春的活力，展开部展现了上下求索的艰辛，慢板乐段又呈现出浪漫的色彩。音乐最终以宏大的气势终曲展现了北科求实鼎新，不断迈向新征程的坚定信念。

2022年4月17日,"鼎·礼——北京科技大学庆祝建校70周年音乐会"作品首演

后 记
Afterword

2022年是北京科技大学建校70周年。北京科技大学是钢铁的"摇篮",也是莘莘学子的"摇篮"。70年奋进勃发,70年立德树人,巍巍学府,皇皇其著。求实鼎新,北科学子践行严谨学风;弦歌不辍,北科学子踏浪前行;鹏程万里,北科学子未来可期。

音符旋律讴歌青春华章,激情洋溢编织青春理想,翩然起舞翱翔青春殿堂,管弦之间彰显青春力量。我们希望通过编撰北京科技大学原创文化艺术作品集,展现一代代北科学子爱国奉献、追求真理的生动形象,展现新时代"钢小伙""铁姑娘"的新风貌!

本书得以成稿,要感谢北京科技大学领导及职能部门的大力支持。感谢韩汝玢、曲秉诗、姜荣、钱进、张艳等老师和校友提供了诸多富有价值的资料与建议,使本书的内容更加丰富和完善。感谢王亮、崔睿、刘璐、张新茹、管润娇、傅经纬、李进、杨岱源、黄遥、戈誉阳、刘弘历、马明莉、吴宝瑞、厉田、李思润、袁沁玲、李晓涵、徐佳怡、周云帆姝、眭舒悦、刘逸哲、赵晗茗等师生参与收集资料、撰写相关文案、校对稿件等烦琐工作。感谢刘瑞州、李婵、杨星霖帮助完善了曲谱。

本书初稿形成过程中，参考了《满井村：北科大校园人文录》。

回顾本书形成过程，我们深刻体会到进行原创文化艺术作品的系统梳理是一个非常艰难的过程，而其中历史资料的考证、相关素材的选取更是颇费心思，失误之处在所难免。本书因篇幅有限，仅择机梳理了一定时期的部分作品，权当作为北京科技大学文化艺术原创作品梳理的一块砖，希望引出更多美玉，敬请北京科技大学的前辈、师生、校友批评指正。

编者

2022 年 4 月